# Molto più che amici

# Molto più che amici

DAWN BROWER

# Indice



## ESTRATTO: MAI PRENDERSI GIOCO DI UN`ISTITUTRICE

# Senza titolo

Molto più che amici

Dawn Brower

*Questo libro è dedicato a tutti coloro che hanno adottato un animale, innamorandosene all'istante. Il mio cane, Bella, è una parte estremamente importante della mia famiglia, in un modo che non avremmo mai pensato possibile. È la parte più luminosa delle nostre giornate. È sorprendente come i nostri pelosetti diventino elementi così fondamentali nelle nostre vite. Non passa giorno in cui non sia grata del fatto che lei abbia trovato una casa nei nostri cuori.*

Carly Gallagher entrò nel suo ufficio e gettò il telefono sulla scrivania. Come poteva essere successo? L'operazione non sarebbe dovuta andare com'era andata. Tutto era stato pianificato fin nei minimi dettagli, eppure… Immagini di un'esplosione le comparvero davanti agli occhi. Logan era morto. Non c'era modo di riportare indietro il tempo e di salvarlo. Il suo errore di giudizio gli era costato la vita.

"Carly…"

Sentendosi chiamare, si voltò e aggrottò la fronte. Non voleva parlare nemmeno con lui, il suo partner, Philip Morrison. Era alto, ben oltre il metro e ottanta, e portava i capelli fulvi tagliati corti in stile militare. "Vattene, Phil". La sua figura muscolosa occupò l'intero vano della porta del suo ufficio. Probabilmente voleva dirle che non era colpa sua, ma lei non era tanto ingenua da crederci. Era stata una sua decisione, e in quel momento aveva creduto che fosse quella giusta. Quanto si sbagliava…

"Non ho intenzione di farlo", replicò lui. "Tu vuoi accollarti la colpa di quello che è successo, ma sappiamo entrambi che non c'era nulla che potessimo fare per impedire…"

Lo interruppe, chiedendo con impeto, "Davvero?" Carly gli si avvicinò come una furia e fissò il suo sguardo arrabbiato nei suoi occhi azzurri. "Ne sei certo? Perché io non lo sono. Doveva esserci qualcosa che potessimo fare per impedire che accadesse."

Lui la attirò a sé e la baciò sulla testa. Un segno d'affetto che non avrebbe dovuto essere manifestato in un ufficio dell'FBI, ma Carly non riuscì a preoccuparsene. Era un gesto di conforto, nulla più. Phil non le avrebbe mai fatto delle avance serie. A un certo punto, nel corso della sua vita, aveva sperato che lo facesse, ma invano. Aveva perso le speranze di instaurare una vera relazione con lui tanto tempo prima.

"È stato un incidente", disse Phil in tono rassicurante, la voce gentile che contrastava con la sua imponenza. Guardandolo, nessuno avrebbe detto che aveva un lato gentile. Soltanto Carly aveva il piacere di vederlo emergere. Non era certa del motivo per cui lui abbassasse la guardia in quel modo quando le stava attorno, ma in momenti come quello, ne era grata. "Una volta conclusa l'indagine vedrai che è così."

Carly dubitava che l'avrebbe mai vista in quel modo. Logan Crane era il suo migliore amico, oltre che un diavolo d'agente operativo. Avevano superato insieme l'addestramento e le aveva sempre guardato le spalle. Avrebbe dovuto trattarsi di una missione di routine e lei non riusciva ancora a capire cos'era andato storto. Logan era entrato nell'edificio col suo cane per ispezionare il perimetro. Stavano cercando una ragazza scomparsa e il cane di Logan, Spike, era uno dei migliori. Era un bellissimo golden retriever. Incredibilmente, il cane era sopravvissuto all'esplosione ed era stato trasportato in un vicino ospedale veterinario per essere curato. Carly non aveva idea di quello che gli sarebbe successo. Sperava che sopravvivesse alle lesioni. Logan amava quel cane e lo considerava parte della famiglia.

L'indagine avrebbe richiesto un po' di tempo.

C'erano un sacco di macerie da passare al setaccio e il corpo di Logan non era ancora stato individuato. Il cane era corso fuori uggiolando, ma di Logan non c'era traccia. Tutti davano per scontato che l'esplosione l'avesse ucciso. Una parte di Carly sperava che si sbagliassero, ma non vedeva come potesse essere sopravvissuto. Il cane era vivo solo perché era fuggito prima che deflagrasse l'ordigno.

"L'indagine mi dirà esattamente quello che già so", replicò con un sorriso amaro. "Logan è morto. Il resto sono dettagli." Informazioni che avrebbe preteso di sapere in un qualsiasi altro caso. Quello, però, era diverso. Avrebbe dovuto passarlo a un altro agente perché se ne occupasse. "Non posso occuparmene, in questo momento."

Cercò di spingerlo da parte per oltrepassarlo, ma non c'era verso di smuovere Phil quando si puntava in una posizione. Era un macigno troppo pesante da sollevare, era una battaglia persa. Carly lo colpì al petto e lui rimase lì, fermo, a incassare un colpo dietro l'altro. Sollevò le mani e le imprigionò i pugni. "Fermati", le disse con voce gentile. "Questo non ti aiuta."

"Nulla che io possa fare mi aiuterà, quindi che differenza vuoi che faccia?"

"Mi spezza il cuore vederti così", replicò Phil. "Voglio fare qualcosa per farti stare meglio."

"Non c'è nulla che tu possa fare che possa in qualche modo sistemare questa situazione. Quindi, fammi un favore, non provarci nemmeno." Espirò con forza. "Per piacere, fammi passare. Voglio andare a vedere come sta Spike."

"Ti terranno al corrente della situazione del cane", disse Phil. "Perché non vai a casa a riposarti, invece. È la cosa migliore che tu possa fare per te stessa."

Quella era l'ultima cosa che voleva fare. Se fosse andata a casa si sarebbe ritrovata a fissare le pareti in silenzio. 'Casa' non era altro che un posto in cui poggiare il capo quando era sfinita. Con le emozioni che la stavano attraversando in quel momento, le avrebbe dato più l'impressione di una tomba.

"No", replicò. "Ho intenzione di andare dal veterinario a vedere come sta Spike." Carly gli lanciò un'occhiata fulminante. "Non cercare di fermarmi."

"Vengo con te", si offrì allora. "Non dovresti restare da sola."

"È gentile da parte tua." Gli rivolse un sorriso

rassicurante. "Sto bene. Non serve che mi stai intorno."

Sarebbe stato bello se avesse potuto cedere al bisogno che sentiva di gettargli le braccia attorno al collo. Phil era il suo partner nell'FBI da diversi anni. Li avevano assegnati insieme per costituire una squadra speciale che indagava sui casi di spionaggio. Nel corso degli anni avevano tolto di mezzo molti criminali, e lei sospettava che insieme ne avrebbero eliminati molti altri ancora. Formavano una bella squadra. Phil, probabilmente, la conosceva meglio della maggior parte della gente, ma nemmeno lui aveva idea di quale fosse il suo più oscuro e profondo segreto.

Lei lo amava.

I sentimenti che sentiva per lui erano cresciuti giorno dopo giorno finché non era più riuscita a negarli. Tuttavia, li teneva sepolti nel suo cuore, perché Phil non era libero di ricambiare il suo amore. Era sposato con un'altra donna ed era sbagliato da parte sua anche solo pensare a lui come qualcosa di diverso dal suo partner. Sarebbe rimasto orripilato se avesse saputo quello che provava davvero nei suoi confronti. Carly era sua amica e sua partner sul lavoro, nulla di più. Ecco perché non poteva trascinarlo lungo il sentiero che stava percorrendo a tutta velocità in quel momento.

"Non discutere con me", le disse in tono burbero. "Vengo con te e la questione è chiusa."

"Torna a casa da Addison", replicò Carly con voce mesta. "Probabilmente sarà preoccupata per te. L'esplosione è stata su tutti i notiziari per tutta la giornata. Non puoi farmi credere che non abbia chiamato."

Addison Roberta Morrison era una prestigiosa psicologa. Era cordiale, dolce, l'epitome della grazia. Chiunque la incontrasse, si innamorava di lei. Beh, tutti tranne Carly. C'era qualcosa di strano in lei, ma Carly non era mai stata in grado di individuare che cosa fosse. Desiderava farsela piacere e ci aveva anche provato. Ma forse era perché Addison aveva l'unica cosa che Carly desiderava: Phil. Almeno era quello che continuava a ripetere a sé stessa. Doveva essere quella la ragione per cui Addison le risultava tanto fastidiosa.

"Addison starà bene", rispose Phil. "Non è lei ad aver subito lo shock più grande della sua vita, oggi."

Carly voleva cedere e permettergli di accompagnarla dal veterinario. Sarebbe stato più semplice sotto molti punti di vista, se Phil fosse stato con lei. Spike le avrebbe ricordato Logan e lei sarebbe sicuramente crollata. No, invece. Cedere all'emozione non avrebbe riportato indietro Logan. Sarebbe stata forte e avrebbe fatto del suo meglio per mantenere il controllo. Essere il capo implicava la necessità di fare buon viso a cattivo gioco e portare avanti il lavoro. Era successo qualcosa in quell'edificio e Logan meritava che lei scoprisse di che si trattava. Se Phil voleva unirsi a lei e farle da babysitter, allora che facesse pure.

"Bene", disse. "Dimmi quando ti annoi. Ti lascerò libero così che tu possa tornare a casa da tua moglie."

Phil aggrottò la fronte. "Non fare così."

Di che diavolo stava parlando? "Fare cosa?"

"Fingere con me", replicò. "Logan era amico di tutti e due. Quindi capisco come ti senti."

Carly si trattenne a stento dall'imprecare. Anche Phil era stato amico di Logan. Erano tutti uniti. Era inevitabile, lavorando a così stretto contatto. Si anche erano visti qualche volta al di fuori del lavoro. Beh, quando avevano tempo di respirare, naturalmente. Carly non aveva amiche e non era mai andata d'accordo con le altre donne. Si relazionava meglio con i maschi, li trovava più semplici da capire. La cattiveria che spesso veniva fuori nei gruppi di ragazze la faceva diventare matta. Meschinità e pugnalate nella schiena non erano qualcosa che gestiva proprio bene. Logan e Phil erano le uniche due persone a cui permetteva di avvicinarsi a lei. C'erano alcuni sottoposti con cui aveva una relazione cordiale, ma si trattava di lavoro. Per lei, le relazioni personali erano più difficili da portare avanti. Senza Logan, non le restava che Phil e, persino lui, lo teneva a distanza.

"Non psicanalizzarmi", lo rimbeccò. "Non ho tempo per queste stronzate."

"Carly…" sospirò. "D'accordo, ma se vuoi parlarne io ci sono."

"Chiudi il becco e andiamo", rispose lei, gettandogli le chiavi del suo SUV. "Puoi guidare tu."

Non se la sentiva di mettersi al volante. Probabilmente era un bene che Phil avesse insistito a volerla accompagnare dal veterinario. Con la sua fortuna, probabilmente avrebbe finito col causare un incidente o qualche casino. La sua mano tremava quando la sollevò verso la maniglia per aprire la portiera sul lato del passeggero. Le sarebbe bastato quello per crollare completamente: avere la morte di un'altra persona sulla coscienza.

Phil si mise al posto di guida e avviò il motore. Era perfettamente normale che lo lasciasse guidare, quindi non aveva fatto domande. La maggior parte delle volte odiava mettersi al volante. Fare da passeggero le concedeva maggiore libertà e flessibilità. Se doveva fare una telefonata o svolgere una ricerca veloce, poteva farlo con comodo. Phil, da parte sua, preferiva guidare. Era una delle ragioni per cui il loro rapporto funzionava tanto bene.

Viaggiarono in silenzio fino allo studio veterinario. Phil occupò un parcheggio poco distante e spense il motore. Si voltò verso di lei e chiese, "Sei certa di volerlo fare?"

Cos'altro avrebbe potuto fare? I rapporti sull'esplosione non sarebbero arrivati prima di qualche giorno. Doveva fare qualcosa o sarebbe impazzita. "Non ricominciare", lo avvertì. "Andiamo a vedere come sta Spike."

Non gli diede la possibilità di replicare e uscì dal veicolo con allenata rapidità. Dopo un sospiro per calmarsi, si diresse all'interno. L'ufficio del veterinario era relativamente tranquillo e vuoto. Fu sorpresa di trovarlo così. Era un giorno in cui non c'era molto da fare? Dov'erano tutti?

"Posso aiutarla?" Un signore anziano emerse da una stanza sul retro. Aveva i capelli di un bianco candido e gentili occhi nocciola.

"Sì", rispose. "Sono l'Agente Speciale Gallagher. Uno dei nostri cani è stato trasportato qui per essere curato. Volevo verificare il suo stato."

"Come si chiama?"

Il cane? Doveva intendere il cane. Non poteva in alcun modo sapere di Logan e di quanto già le mancasse. "Spike", rispose. "È un golden retriever."

Un campanellino suonò alle sue spalle segnalando l'arrivo di Phil. Carly non si voltò a salutarlo. Era già abbastanza dura pensare a Spike senza che Logan fosse lì.

"Ah, sì", disse l'uomo. "È un buon cane. L'intervento è andato bene. Abbiamo dovuto mettergli un perno nella zampa. L'osso era troppo frantumato per poterlo sistemare."

"Ma starà bene." Ti prego, dì di sì…

"Escludendo possibili complicazioni impreviste, sì, si rimetterà." Sorrise con calore. "Lei è il suo addestratore?"

No. Carly chiuse gli occhi e ricordò a sé stessa di respirare. Quante volte al giorno avrebbe dovuto farlo prima che ricominciasse ad essere un riflesso automatico? Il dolore che le pulsava nel cuore bruciava, provocandole una profonda, infinita sofferenza. "Non ne ha più uno. Quando sarà in grado di tornare a casa?"

Il dottore aggrottò le sopracciglia. "Ha una casa?"

Sì, che ce l'aveva. Con lei. Non si era resa conto di quanto aveva bisogno di quel cane fino a quel momento. Spike l'avrebbe aiutata a guarire e, col tempo, sarebbe riuscita a gestire meglio la perdita di Logan. Phil le poggiò una mano dietro alla schiena. La capiva meglio di chiunque altro.

"Verrà a casa con me non appena lei glielo permetterà", rispose Carly.

"Bene." L'uomo sorrise. "Dovrebbe essere pronto entro qualche giorno. Voglio tenerlo qui per monitorarlo. Vuole vederlo?"

"Sì", rispose Carly, facendo un passo avanti. Si fermò e guardò Phil. "Tu vieni?"

Lui annuì e la seguì. Si fermarono di fronte alla gabbia di Spike. La sua pelliccia dorata era stata rasata attorno alla zampa anteriore che in quel momento era ricoperta quasi interamente da un'ingessatura bianchissima. Carly si chinò e lo baciò sulla testa. "Andrà tutto bene, te lo prometto."

Era una promessa che intendeva mantenere. Quando avesse finito, la persona che aveva ucciso Logan avrebbe rimpianto il giorno in cui era nata. Nessuno faceva del male a qualcuno a cui teneva e la passava liscia. Con quella determinazione che si consolidava dentro di lei, si sentì pronta ad andare avanti e ad affrontare il mondo. Si alzò in piedi e annuì in direzione di Phil. "Andiamo."

Lui non disse una parola per tutto il tempo, ma il suo silenzio era sufficiente a comunicarle ciò che pensava. Phil non le avrebbe fatto pressioni, non ancora. Ma quando fosse stato convinto che era arrivato il momento giusto, l'avrebbe costretta ad affrontare i suoi sentimenti. Lei non poteva permettere che venissero in superficie. Non finché l'assassino di Logan non fosse stato consegnato alla giustizia, e sarebbe stata lei ad occuparsene.

# Uno



*Un anno più tardi…*

Phil salì saltellando i gradini che portavano all'appartamento di Carly. Le aveva promesso di fermarsi a dar da mangiare a Spike al posto suo ed era in ritardo. Da un lato, capiva perché avesse preso il cane con sé, ma dall'altro non ci riusciva. Carly non era mai stata la tipa da animali domestici. Aveva a malapena il tempo di occuparsi di sé stessa, figuriamoci di un animale. Se fosse stata in cerca di compagnia in generale, un acquario sarebbe stata una scelta migliore. E anche con le creature acquatiche, avrebbe temuto che facessero una brutta fine… Con Spike l'aveva sorpreso in più di un modo. Si erano legati l'uno all'altra e, nel processo, Carly aveva avuto la possibilità di guarire. Aveva preso fin troppo male la morte di Logan e vederla soffrire faceva stare male anche lui. Avrebbe fatto qualsiasi cosa per liberarla da quell'agonia, ma si rendeva conto che era un compito impossibile. Nessuno poteva portare quel genere di fardello al posto di un altro.

Se avessero catturato l'assassino di Logan le cose sarebbero state più semplici. Ma man mano che i giorni passavano, prenderlo diventava un incarico scoraggiante. Dopo un po' di tempo l'avevano messo da parte: le piste erano elusive e praticamente inesistenti e i rapporti sulla scena del crimine non avevano fornito nessuna informazione. Non erano nemmeno stati in grado di individuare il corpo di Logan per dargli sepoltura. Ritenevano che l'entità dell'esplosione fosse stata tale da incenerirlo. Nemmeno quello era stato facile da accettare, per Carly.

Phil si fermò, aprì la serratura della porta d'ingresso di Carly ed entrò. Spike era abituato alla sua presenza e, all'arrivo di Phil, non si mosse nemmeno. Il cane era guarito bene, ma non era più in servizio attivo. Il perno nella zampa gli permetteva di camminare, ma una fatica eccessiva avrebbe potuto far collassare i muscoli che la tenevano insieme. Era un bene che Carly avesse preso il cane con sé, altrimenti avrebbe potuto non trovare un'altra casa. Non molte persone volevano occuparsi di un cane zoppo.

"Ehi amico", disse, passando la mano sulla testa del cane. "Come va oggi?" Spike sollevò lo sguardo verso l'alto ma non si mosse. "Hai fame? Carly è impegnata tra una riunione e l'altra tutto il giorno…" Come se il cane capisse quello che stava dicendo. Ma sembrava più semplice portare avanti un discorso con lui, era meglio del silenzio che echeggiava nell'appartamento.

Phil raggiunse la credenza e tirò fuori una lattina di cibo per cani. La aprì e la versò in una ciotola. Aveva un odore disgustoso, ma Spike la adorava. Mentre la poggiava a terra, lo stomaco di Phil si rivoltò. "Avanti, prendila", disse energicamente. Spike rimase immobile sul pavimento. Aveva qualcosa che non andava. Doveva chiamare Carly? Gli sarebbe dispiaciuto disturbarla per nulla.

"Avanti, Spike", disse con voce supplichevole. "Non hai un cuore? Se ti succede qualcosa, Carly mi attacca il culo al muro con la sparachiodi."

Spike si alzò con riluttanza e oltrepassò Phil strusciandosi contro le sue gambe. Annusò il cibo e poi lo leccò, alla ricerca di Dio solo sa cosa. Phil non volle azzardare ipotesi. Quando il cane prese a mangiare con maggiore entusiasmo, Phil esalò un sospirò di sollievo. Ora gli restava un'ultima cosa da fare.

Aveva qualcosa di molto più difficile di cui occuparsi nella sua tabella di marcia. Guardò l'orologio e sospirò. Aveva mezzora per raggiungere il tribunale. "Va bene, amico. Non mi va di lasciarti, ma devo scappare." Si chinò a dare un colpetto sulla testa al cane. "Bada a Carly per me, d'accordo?"

Phil corse fuori dal condominio e tornò alla macchina. Uscì dal parcheggio il più rapidamente possibile e si lanciò verso il tribunale. Andare in aula non era mai un divertimento, ma quella volta in particolare era peggio del solito. Diciamo che non era esattamente ansioso di affrontare quello che lo aspettava. Al suo arrivo infilò la macchina in un parcheggio e spense il motore. Non sarebbe stato piacevole. Uscì dall'auto e si diresse all'interno. Fuori dalle porte del tribunale, Addison passeggiava avanti e indietro lanciando continue occhiate al suo orologio.

"Sei in ritardo", esordì.

Phil roteò gli occhi. "No, non è vero."

Non aveva senso litigare con lei per quello.

Addison aveva sempre ragione e non si disturbava a prendere in considerazione l'opinione degli altri. Era stato uno dei tratti che l'avevano fatto innamorare quando si erano incontrati ma, in quel momento, gli dava sui nervi. Strano come le cose potessero cambiare a tal punto…

Addison strinse le labbra in segno di disapprovazione. Si portò le mani sui fianchi e prese a battere il piede a terra. "Non ho tempo per le tue sciocchezze oggi. Ho un sacco di cose da fare e voglio chiudere questa faccenda."

Su quel punto, Phil non poteva essere più d'accordo. Non si preoccupò di risponderle, si limitò ad entrare in tribunale e a prendere posto dal suo lato dell'aula. Osservò Addison fare lo stesso dall'altra parte. C'era un tempo in cui non avrebbe mai immaginato di trovarsi dove si trovava in quel momento. A un passo dal mettere fine al suo matrimonio con la donna che aveva creduto di amare più di qualsiasi altra cosa al mondo. Ed era stato davvero così quando l'aveva sposata, ma non la conosceva come credeva. Tutto era cambiato dopo le nozze e, a dirla tutta, il loro matrimonio era più che finito da anni. Avevano smesso di vivere come marito e moglie quasi subito. Non riusciva nemmeno a ricordare l'ultima volta che avevano fatto l'amore. Avrebbero dovuto divorziare molto tempo prima, ma era sembrato più semplice e meno imbarazzante fingere che fosse tutto perfetto come credevano gli altri.

Finché non…

Non aveva messo in conto di innamorarsi di Carly. Era successo lentamente, finché un giorno aveva aperto gli occhi e si era reso conto di quanto contasse per lui. Carly non mentiva mai. Era vera come nessun altro e non c'era persona al mondo di cui si fidasse più di lei. Ma non poteva agire sull'onda di quei sentimenti. Che diritto avrebbe avuto di reclamarla quando non era completamente libero di amarla? Quindi, aveva chiesto ad Addison il divorzio. Era stato abbastanza semplice trovare una motivazione. Lei era altrettanto ansiosa di mettere fine alla loro farsa e non gli aveva fatto troppe domande. Quella che a breve sarebbe diventata la sua ex moglie non doveva sapere che si era innamorato della sua partner. Per il momento, rimaneva il suo segreto e, quando fosse venuto il momento, l'avrebbe detto a Carly. Per ora, si sarebbe accontentato di mettere finalmente fine al suo matrimonio.

Carly percorreva avanti e indietro il suo ufficio, frustrata e in preda all'impazienza. Phil le aveva lasciato un messaggio informandola di aver dato da mangiare a Spike e che sarebbe tornato tardi. Lei aveva bisogno che lui tornasse e non capiva che cosa ci fosse di tanto importante da comportare una sosta. Lanciò un'occhiata all'orologio appeso al muro e sospirò per la centesima volta. *Accidenti.*

Raggiunse la sua scrivania e afferrò il telefono, poi riascoltò il messaggio. *"Carly, Spike sta mangiando come un forsennato. Torno più tardi, c'è una cosa che devo fare. Non lavorare troppo."* Come se dovesse ricordarle una cosa così stupida.

Il messaggio non conteneva indizi su dove stesse andando o su che ci fosse di così maledettamente importante. Come avrebbe fatto a concludere qualcosa se avesse continuato a camminare per l'ufficio preoccupandosi per lui? A volte amare qualcuno faceva proprio schifo. Sbatté il telefono sulla scrivania e trasalì con una smorfia. Ci era andata un po' troppo pesante…lo riprese in mano e si assicurò di non aver rotto lo schermo. Non sembravano esserci danni…

Un colpo alla porta echeggiò per la stanza e lei si voltò in quella direzione. Phil era in piedi nel vano della porta e sembrava stare alla grande. Beh, non esattamente. C'era tensione attorno alla bocca. Aveva cercato di nasconderla ma il muscolo della guancia era contratto e una ruga sottile gli increspava la fronte.

"Che è successo?" gli chiese subito.

"Nulla di cui tu debba preoccuparti", rispose. "Sono passato da te per vedere com'è andata la riunione."

"Non è andata", disse. "Sono un manipolo di stronzi burocrati."

Avrebbe voluto tenere aperto il caso di Logan un po' più a lungo. Tuttavia, non c'erano piste da seguire e, alla fine, le avevano detto di aggiungere il caso a quelli irrisolti. Non era ufficialmente chiuso, ma non era più una priorità. Carly odiava il fatto di non aver trovato il responsabile della morte di Logan.

"Sono certo che un giorno troverai le risposte che cerchi."

"Ma non oggi. Bla bla bla", replicò lei, agitando la mano. "Non ho bisogno di sentirmelo dire anche da te.

Cavolo, odiava quando la gente la trattava con condiscendenza. Come se essere una donna la rendesse più propensa al melodramma. Era capace di prendere decisioni sensate e di non partire per la tangente senza motivo apparente. C'era qualcosa nel caso di Logan che non tornava. Prima o poi avrebbe scoperto cosa. Nel frattempo, poteva dare il tormento a Phil per un po'.

"Adesso dimmi cosa ti sta succedendo per davvero. Cosa c'era di tanto importante da farti prendere il pomeriggio libero?"

"Credo di averti già detto che non è niente di cui devi preoccuparti. Non richiedeva la tua assistenza." Strinse le labbra in una linea sottile.

*Oh oh, qualcuno qui è un po' suscettibile…* Strinse gli occhi e disse, "A questo punto devo saperlo."

"Vorrei che non insistessi", replicò. "Non ho particolarmente voglia di parlarne."

Carly aggrottò la fronte. Cosa poteva essere mai successo da sconvolgerlo a tal punto? Non le piaceva affatto. Phil di solito era più…accomodante. Voleva sempre aiutare gli altri e non faceva nulla di apertamente perfido. Non era mai sciocco e lei lo amava proprio per quello, o forse a dispetto di quello. Non lo sapeva per certo, ma non importava. Quello che aveva fatto era apparentemente il motivo della sua angoscia. E Phil non si trovava mai in quello stato d'animo.

"Forse sarebbe meglio se andassi a casa. Parlane

con Addison, se non riesci a parlarne con me." Le seccava dirglielo, avrebbe voluto che si confidasse con lei. "Se hai intenzione di essere così permaloso, non mi sei di alcuna utilità qui."

"Non parlerò con Addison di un accidenti di niente", grugnì lui. "È l'ultima persona che vorrei vedere in questo momento."

Carly si immobilizzò e lo fissò. Di che diavolo stava parlando? C'erano forse guai in paradiso? Era triste il fatto che la cosa in effetti la rendesse felice? Non avrebbe dovuto augurargli nessun genere di problema nel matrimonio, ma Addison non le piaceva. Aveva cercato di farsela piacere, ci aveva provato davvero. Addison semplicemente…non era gentile. La sconvolgeva il pensiero che due persone tanto diverse come Phil e Addison si fossero sposate.

"Tu e Addison state litigando?" gli chiese gentilmente, mentre il rimorso le fermentava nello stomaco, quasi avesse mangiato del cibo andato a male. "Mi dispiace, non avrei dovuto punzecchiarti."

"Non si tratta di questo…" Phil indietreggiò e si portò la mano alla bocca. Le voltò le schiena e chinò la testa.

Cos'era che non capiva? Nulla di quello che diceva aveva senso. Non era mai successo che Phil non potesse o non volesse dirle qualcosa. Accidenti, lui conosceva tutti i suoi segreti. Tranne uno. Forse un giorno gli avrebbe detto che lo amava, ma non era ancora arrivato il momento.

Non si disturbò a voltarsi verso di lei mentre le rispondeva, "Se vuoi davvero sapere dove sono stato…"

"Solo se vuoi dirmelo", lo interruppe Carly. "Non sono affari miei, se si tratta di qualcosa di personale."

La freddò con un'occhiataccia da sopra la spalla. "Mi fai parlare?"

"Scusa", replicò Carly, piena di rimorso. "Ti prego, continua."

"Sono stato in tribunale." Phil sospirò e si voltò a incontrare il suo sguardo. "Oggi ho finalizzato il divorzio."

Forse non aveva sentito bene. "Che hai detto?"

Carly non si era nemmeno resa conto che ci fosse qualche disaccordo nel suo rapporto con Addison. Perché diavolo avrebbero dovuto divorziare? Che si era persa?

"Il mio matrimonio era finito già da un po'", disse Phil senza un grammo di emozione. "Nonostante le apparenze dicessero il contrario."

Era…sconcertante. Mettersi a fare i salti di gioia

probabilmente non era una buona idea. Non avrebbe dovuto essere felice ma, oh cielo, se lo era. Per il momento, però, si sarebbe comportata da buona amica e avrebbe detto la cosa giusta. "Mi dispiace. Mi dispiace così tanto. C'è qualcosa che posso fare per te?"

Scosse la testa. "Sto bene. Come ho detto, era finito già da un po'."

Con quelle parole, girò sui tacchi e lasciò il suo ufficio di gran carriera. Le aveva lasciato molto a cui pensare. La domanda era, quale sarebbe stata la mossa successiva da fare?

# Due

Carly salì gli scalini che portavano al suo appartamento a passo un po' troppo rilassato. La spossatezza era sul punto di prendere il sopravvento e voleva arrivare a casa prima che succedesse, ma le mancava la spinta necessaria ad accelerare il passo. Quando finalmente raggiunse la porta d'ingresso, la trovò spalancata. L'adrenalina le pompò rapidamente nelle vene e immediatamente si mise in stato d'allerta. Allungò la mano verso la fondina e la aprì in modo da avere rapido accesso qualora fosse stato necessario.

Rimase il più silenziosa possibile e tenne gli occhi aperti per rilevare qualsiasi movimento improvviso. Mentre avanzava, prese nota di ogni dettaglio e lo archiviò nella sua mente in modo da poterlo analizzare successivamente. L'intera area del soggiorno era nel caos più completo. Il tavolinetto era rovesciato e il televisore era a terra con lo schermo rotto. Chiunque fosse stato a buttare all'aria casa sua, non era un ladro. Stava cercando qualcosa, ma non sapeva cosa. Chi sarebbe potuto entrare in casa sua per metterla a soqquadro? Poi il terrore prese possesso del suo cuore, facendolo battere a un ritmo forsennato.

Dov'era Spike?

Fino a quel momento era rimasta calma. A quel punto si sentì invadere dalla preoccupazione mentre si metteva a cercarlo freneticamente. Dove poteva essere? Era stato l'intruso a prenderlo? Perché l'avrebbe fatto? Il panico la investì mentre si rendeva conto che Spike era scomparso. Prese il telefono e chiamò Phil.

Rispose dopo un solo squillo. "Non voglio parlare de…"

"Sta' zitto", disse Carly. "Ho bisogno di te." La sua voce tremava mentre pronunciava quelle parole. Non riuscì a dire nient'altro. Dopo la morte di Logan, si era aggrappata a Spike e ora lui era scomparso. Aveva fallito con Spike come aveva fatto con

Logan. A quel ritmo, nessuno sarebbe mai più stato al sicuro, accanto a lei. Si lasciò cadere a terra e scoppiò in lacrime, quelle che aveva trattenuto per oltre un anno. Nemmeno al funerale di Logan aveva ceduto alla disperazione, ma aveva attraversato tutto rimanendo forte. In quel momento, con Spike scomparso, la disperazione rialzò la testa e prese il sopravvento su di lei.

Quando Phil entrò correndo dalla porta d'ingresso, Carly era ancora nella stessa posizione. Lui si inginocchiò accanto a lei e la attirò tra le sue braccia. "Shh", sussurrò. "Sono qua io."

Carly gli gettò le braccia attorno al collo e lasciò uscire tutto. Appoggiò la testa alla sua spalla e pianse disperatamente. I singhiozzi la squassarono, e grazie al cielo Phil le permise di sfogarli a spese della sua camicia immacolata. Dopo quella che le sembrò un'eternità, sollevò lo sguardo su di lui con un debole sorriso. "Mi dispiace", gli disse. "Hai avuto una brutta giornata, non hai bisogno di vedertela anche con me."

"Ora che ti sei ripresa, che ne dici di spiegarmi che cazzo sta succedendo?" abbaiò Phil. "Non mi sono sfuggite le condizioni di questo posto quando sono entrato."

Naturalmente aveva pensato prima a lei e poi, solo dopo, al suo appartamento. Ecco che genere di persona era. Metteva gli altri al primo posto, e quell'aspetto di lui non sarebbe cambiato solo perché era triste. "Non lo so", gli disse. "È così che ho trovato tutto quando sono rientrata a casa. Non c'era nulla di insolito prima quando sei venuto?"

Phil scosse la testa. "Spike sembrava un po' depresso, ma a parte quello era tutto a posto. Di certo non in queste condizioni. Non avrei certo lasciato correre e te l'avrei detto immediatamente."

Aspetta un momento. "Che vuoi dire? Spike stava bene quando sono uscita stamattina." Davvero, non le importava delle sue cose. Il suo cane era di gran lunga più importante. Se ne avesse sentito il bisogno avrebbe potuto comprare una nuova tv. Non che avesse molto tempo di guardarla, ad ogni modo.

"Non era quello di sempre. Ho pensato che forse avvertisse il mio stato d'animo…" Aggrottò la fronte. "Ho dovuto forzarlo a mangiare. Ora che ci penso, avrei dovuto dirtelo."

Cosa avrebbe potuto suscitare in Spike una reazione simile? Di solito era amichevole ed entusiasta di incontrare chi si prendeva cura di lui. Che in genere erano lei o Phil. Erano diventati loro la famiglia di Spike, dopo la morte di Logan. Carly sollevò lo sguardo e sorrise a Phil. "Non essere troppo duro con te stesso. È stata una giornata molto stressante e hai una buona scusa per esserti distratto."

L'idea non doveva per forza piacerle, ma quel giorno Phil aveva affrontato una prova difficile. Poteva non essere stato semplice mettere fine al suo matrimonio. Anche se lui credeva che in realtà fosse finito molto tempo prima.

"Dov'è Spike adesso?"

Carly scosse la testa. "Non lo so. È per questo che sono crollata."

Phil annuì. "Capisco. Vuoi che vada fuori a dare un'occhiata in giro per vedere se è qui vicino?"

Perché non ci aveva pensato? Poteva essere in giro che vagava per il quartiere. Era stata capace solo di affondare nella sua valle di lacrime e cedere all'egoismo che risiedeva dentro di lei. Senza Spike, non le restava molto altro da aspettare con gioia quando rientrava a casa. Era lui la ragione per la quale non aveva ceduto e aveva continuato ad andare avanti. Era dura non arrendersi alla solitudine che era diventata parte integrante della sua vita.

Carly si asciugò il volto con le mani e annuì. "Ti dispiacerebbe? Io chiamerò la polizia e chiederò loro di passare per raccogliere la denuncia."

"Torno subito", disse Phil, avviandosi verso la porta aperta. "Starai bene mentre non ci sono?"

Se doveva essere completamente onesta, non sapeva se sarebbe mai tornata a stare bene. Il suo intero universo aveva perso equilibrio. Tenne lo sguardo fermo mentre osservava Phil. C'erano delle possibilità, in quel momento, che non c'erano in precedenza. La domanda era, sarebbe stata abbastanza coraggiosa da allungare la mano e coglierle? Phil avrebbe potuto essere suo, un giorno, se fosse stata abbastanza paziente e gli avesse concesso il tempo di guarire. Lui l'avrebbe mai voluta? C'erano così tante domande e le risposte non erano sufficienti. Prima, ad ogni modo, doveva trovare il suo cane e scoprire che stava succedendo, e cosa c'entrava lo stato disastroso in cui versava il suo appartamento. Il resto poteva aspettare un altro giorno.

"Starò bene", disse in tono rassicurante. "Va' a cercare Spike."

Phil si voltò e uscì. Carly telefonò alla polizia

locale e sedette in attesa. Sarebbe stata una notte più lunga del previsto.

Dove poteva essere andato Spike? Phil non voleva nemmeno prendere in considerazione l'idea che fosse stato preso da chiunque si fosse introdotto nell'appartamento di Carly. Spike poteva essere in pensione, ma era un cane ben addestrato. Avrebbe tentato di attaccare chiunque fosse entrato nell'appartamento e l'avesse ridotto in quello stato. Doveva esserci un motivo se non era più lì.

Quando era arrivato nell'appartamento di Carly e l'aveva visto ridotto a soqquadro, il cuore gli era quasi balzato fuori dal petto. Aveva immediatamente scandagliato la stanza per cercarla, pensando al peggio. Dopo averla localizzata sul pavimento che piangeva, la sua preoccupazione era lievitata a dismisura e il suo cuore si era frantumato in un milione di piccoli pezzi. Non aveva nemmeno pensato al cane, all'inizio. Carly era sempre la sua principale preoccupazione e confortarla era la priorità. Tutto il resto sarebbe stato messo da parte per fare posto ai suoi bisogni. Quando fosse giunto il momento giusto, le avrebbe detto che la amava e che voleva avere una possibilità con lei. Pregava solo che lei non pensasse che fosse un pensiero ridicolo, una volta che gliel'avesse esposto. Ma avrebbe dovuto aspettare un momento migliore per farlo. C'erano problemi più grossi da risolvere. Per prima cosa, doveva trovare Spike e riportarlo a Carly. Il resto si sarebbe sistemato a tempo debito.

"Spike", gridò. Phil non sapeva se sarebbe venuto se l'avesse chiamato, ma doveva provarci. Il silenzio accolse il suo richiamo. In fondo, nemmeno lui credeva che quel tentativo avrebbe funzionato.

Svoltò l'angolo e si diresse verso un parco vicino. Carly ci portava il cane ogni volta che poteva. Era uno dei posti preferiti di Spike. Phil percorse il parco a passo sostenuto e fischiò. Stava calando il buio e i lampioni si accesero, illuminandogli il sentiero. Anche con l'aiuto della luce, aveva difficoltà a guardarsi attorno.

"Spike", gridò di nuovo, sperando questa volta di ottenere risposta. Non successe nulla e Phil cominciava a scoraggiarsi. Stava per lasciar perdere quando colse un movimento in lontananza. Un golden retriever stava correndo nella sua direzione: Spike si stava dirigendo verso di lui a tutta velocità. Quando il cane lo raggiunse gli saltò addosso gettandolo a terra. "Calma, calma", rise Phil mentre il cane gli leccava la faccia. "Anche io sono contento di vederti."

Carly sarebbe stata felice di vedere che il cane era sano e salvo. C'erano ancora un bel po' di domande senza risposta, però. Tipo, chi diavolo era stato ad irrompere nell'appartamento e perché Spike era scappato? "Forza, amico", disse Phil. "Andiamo a casa. Carly è preoccupata per te."

Era così semplice parlare a un cane. I cani non giudicavano e mostravano il loro affetto con semplicità. Se solo fosse stato così facile anche con le persone. La sua vita sarebbe stata molto meno complicata se avesse potuto approcciare gli altri come faceva Spike. Tornarono verso l'appartamento camminando affiancati. Spike non aveva bisogno del guinzaglio; semplicemente sapeva quello che ci si aspettava che facesse. Di solito, comunque, ne usavano uno quando uscivano per mettere gli altri a proprio agio. Spike corse davanti a Phil e salì di corsa le scale che conducevano all'appartamento di Carly. Entrarono e trovarono un agente intento a prendere appunti e un altro impegnato a scattare fotografie.

"Che mi sono perso?" chiese a Carly. Gli occhi di lei sembrarono illuminarsi quando vide Spike accanto a lui.

"L'hai trovato", esclamò mentre si inginocchiava a terra per abbracciare il cane. "Grazie, ti ringrazio infinitamente. Sono in debito con te."

Lui aggrottò la fronte. "Non essere ridicola."

Carly baciò la testa di Spike, poi lo abbracciò di nuovo. Phil stava cominciando a diventare geloso. Se solo avesse salutato anche lui con lo stesso entusiasmo.

"Hai trovato Spike", replicò Carly, ancora allacciata al cane. "Non c'è niente di ridicolo in come questo mi fa sentire. Sono così felice che lui stia bene. Non potrò mai ringraziarti abbastanza."

Phil fu sul punto di chiederle di ricambiare il suo amore. Ma quant'era patetico? Riuscì a malapena a rimanere attaccato alla sua dignità. Invece di dichiararle i suoi sentimenti, si concentrò su qualcos'altro. "Qui non sei al sicuro."

Carly si alzò in piedi e incontrò il suo sguardo. "Perché qualcuno si è introdotto nel mio appartamento e l'ha messo a soqquadro?" Alzò gli occhi al cielo. "Sono capace di prendermi cura di me stessa. Se qualcuno è tanto stupido da entrare mentre sono in casa, se ne pentirà immediatamente."

Phil aprì la bocca per mettersi a discutere ma la richiuse immediatamente. Doveva comportarsi in modo scaltro o lei avrebbe puntato i piedi. Se le avesse dato della stupida, o avesse lasciato intendere che era in qualche modo incapace di gestire la situazione, lei si sarebbe intestardita ancora di più. Nella sua posizione, c'era solo una possibile soluzione al problema: il ricatto emotivo.

"Carly, ti prego, abbi pietà di me."

Lei strinse gli occhi e aggrottò le sopracciglia. "Non capisco."

"È stata una giornata davvero lunga e pesante", disse con serietà. "Ti prego, non metterti a discutere con me. Mi rendo conto che sei un'agente ben addestrata e senz'altro capace di prenderti cura di te, ma passerei comunque la notte a preoccuparmi. Mi piacerebbe rilassarmi sapendo che sei al sicuro e non in un posto che è ridotto talmente male da non riuscirsi a vedere il pavimento." Incontrò il suo sguardo e disse, con tutta la noncuranza che riuscì a mettere insieme, "Passa la notte a casa mia e io domattina tornerò qui e darò una ripulita a questo disastro. Mi faresti un favore."

Sperava di non aver calcato troppo la mano nell'ultimo passaggio. Ma se lei fosse tornata a casa con lui, lui avrebbe davvero dormito meglio. C'era una ragione per cui qualcuno era entrato nel suo appartamento e finché non scoprivano qual era, lei non sarebbe dovuta rimanere lì.

"D'accordo", cedette Carly. "In effetti non morivo dalla voglia di mettermi a ripulire questo disastro da sola. Se ti fa sentire meglio, Spike ed io passeremo la notte con te."

Parole che non avrebbe mai pensato di sentirle uscire dalla bocca. Se solo fossero state più vicine a: *Ti amo e voglio restare con te per sempre*. Forse un giorno o l'altro le avrebbe sentite, ma per il momento si sarebbe accontentato di quello che poteva avere.

## Tre

Phil aprì la porta d'ingresso del suo appartamento e invitò Carly ad entrare con un gesto. Lei lo seguì, con Spike che chiudeva la fila. Sembrava perfettamente normale che si trovasse a casa sua. Phil si concesse un momento per guardarla e contemplare la scena. Il semplice abito nero che indossava le avvolgeva la vita e le evidenziava il seno alla perfezione. Carly gli restituì lo sguardo, gli occhi blu viola colmi di quello che lui interpretò come desiderio. Fu come ricevere un pugno nello stomaco. Moriva dalla voglia di annullare lo spazio tra loro e raggiungerla, sciogliere i capelli corvini e osservarli ricaderle in onde lungo la schiena. Non poteva avere ragione, Carly non l'avrebbe mai guardato in quel modo.

Entrò con il suo borsone in mano. La polizia voleva più di un giorno a disposizione per esaminare il suo appartamento, quindi aveva permesso a Carly di preparare una borsa per una permanenza prolungata a casa di Phil. Spike stava con lui di tanto in tanto, quindi aveva già cibo e altre cose per il cane. Carly non era mai stata nel suo appartamento, invece. Era rinvigorente averla così vicina, e tuttavia c'era una distanza insostenibile ad allontanarli.

"Puoi prendere la camera da letto mentre sei qui", le disse. "Ti porto la borsa lì."

Dormire sul divano sarebbe stato scomodo, nella migliore delle ipotesi, ma per lei avrebbe fatto qualsiasi cosa. Voleva che potesse riposare bene la notte. Tanto, non c'era alcuna possibilità al mondo che lui riuscisse a dormire con lei che riposava nel suo letto, quindi non importava dove avesse passato la notte. Più tempo passavano insieme, più diventava difficile nascondere i suoi sentimenti.

"Non essere sciocco", disse Carly alzando la voce. "Starai malissimo qui fuori."

Phil si fermò sulla soglia della sua camera e si voltò a guardarla. "Non discutere con me. Non sono dell'umore adatto."

Entrò e sistemò la sua borsa contro il muro. Carly non aveva intenzione di rendergli le cose facili e lui non aveva idea di come gestire la cosa. Dentro di sé, tutto gli gridava di prenderla tra le braccia e baciarla come continuava a immaginare da tantissimo tempo. Non c'era nulla a trattenerlo, a parte il suo senso della decenza. La libertà era finalmente sua e voleva viverla a pieno. L'avrebbe fatto presto, ma non era uno stronzo. Carly meritava di meglio di un uomo che le desse la caccia come un cane in calore.

"Phil", disse Carly poggiandogli una mano sulla schiena. Phil chiuse gli occhi e inspirò profondamente. Adorava la sensazione della sua mano addosso, ma lei non si rendeva conto della bestia che stava stuzzicando. "Guardami."

"Ci sono degli asciugamani nell'armadietto fuori dal bagno, se vuoi fare una doccia", disse lui, invece. Non era ancora riuscito a imbrigliare il suo desiderio a sufficienza per poterla guardare. "Se hai fame posso ordinare una pizza. Temo che le razioni siano un tantino scarse, visto che di solito non mangio qui."

"Non mi importa del cibo", replicò lei, esasperata. "Perché non mi guardi?"

Serrò le mani a pugno lungo i fianchi. Lei non capiva e lui non poteva spiegarle. Il desiderio lo lambiva come un incendio sul punto di divampare. Ed era lei ad alimentare quell'incendio, e più si avvicinava più il calore diventava intenso. Non c'era molto spazio di manovra tra l'intensità del suo desiderio e le sue buone intenzioni. Non ci sarebbe voluto molto perché le fiamme erodessero la sua determinazione, facendolo cedere.

Lentamente, si volto e abbassò lo sguardo su di lei. Immediatamente, la sua attenzione venne attratta dalle sue labbra piene. La brama di assaggiarle divampò, investendolo di una nuova ondata di calore. Carly dischiuse la bocca e si passò la lingua sulle labbra. Phil faticò a reprimere un gemito. Doveva tirarsi fuori da quel supplizio. Forse una doccia fredda l'avrebbe aiutato...

"Se non hai intenzione di usare la doccia, lo farò io." Phil la oltrepassò e si diresse verso l'armadio per prendere un asciugamano. Aprì lo sportello con enfasi, afferrò il primo che gli capitò sotto mano e entrò in bagno. Proprio un momento prima che chiudesse la porta sbattendola, Carly sollevò la mano per fermarlo.

"Che ti succede?" Inclinò la testa di lato e si mise a studiarlo.

Non voleva che gli si avvicinasse troppo o avrebbe potuto fare qualcosa di stupido. Una doccia fredda l'avrebbe aiutato a riprendere il controllo sull'urgenza che avvertiva nei suoi confronti. O, almeno, ci sperava. L'idea che Carly potesse farsi del male lo mandava al limite e rendeva più difficile per lui controllare i suoi desideri. Era a lei che pensava ogni istante della giornata. Quando la guardava negli occhi vedeva il suo futuro e le sue speranze di felicità. Non voleva usare il suo corpo per soddisfare i propri bisogni. Con lei voleva tutto: amore, famiglia, e la promessa del per sempre.

"Sto bene", le disse con il tono più rassicurante che gli riuscì di trovare. "È stata una giornata lunga."

*Fanculo.* Quello era un eufemismo. Probabilmente era stata la giornata più lunga di tutta la sua vita. Quando era cominciata non avrebbe mai immaginato che sarebbe finita in quel modo. Sarebbe stato troppo chiedere che non andasse completamente a rotoli prima ancora di finire? Almeno, in tribunale era andato tutto come previsto. Tutto il resto era stato un caos che non era riuscito a controllare.

"Mi dispiace", disse lei abbassando lo sguardo a terra. "Non dovrei disturbarti. Ma, Phil,…" Sollevò di nuovo lo sguardo su di lui. "Non posso prendere la tua stanza."

Perché doveva rendere le cose tanto difficili? "Carly stai portando la mia pazienza al limite. Ne parleremo dopo che avrò fatto la doccia." La spinse delicatamente fuori dalla stanza e chiuse la porta con un leggero clic, poi appoggiò la testa contro lo stipite. Dopo diversi respiri lenti e profondi aprì il rubinetto, entrò nella doccia e lasciò che l'acqua gelida gli raffreddasse la pelle accaldata. Era una tortura e, allo stesso tempo, proprio quello di cui aveva bisogno. Forse, solo forse, sarebbe stato in grado di passare una serata con Carly senza cedere al bisogno di baciarla, di toccarla e di mostrarle quando la amava.

CARLY NON SAPEVA CHE COSA STESSE SUCCEDENDO con Phil. Si stava comportando in modo piuttosto strano e lei non aveva idea di come avvicinarlo. Da quando era arrivato nel suo appartamento per vedere come stava, era diventato tutta un'altra persona. No, non era del tutto esatto. Era la stessa persona di sempre, ma il modo in cui la guardava…

quello era diverso. C'era qualcosa che non riusciva ad identificare e che non sapeva come prendere. Aveva forse fatto qualcosa che non approvava o si trattava d'altro?

Spike comparve accanto a lei e le strofinò la testa sulla gamba. "Che c'è?" Lui si limitò ad abbaiare in risposta, come se lei capisse il canese. "Hai fame? Vuoi un po' di crocchette?" Spike abbaiò altre due volte e la sua coda prese ad agitarsi freneticamente. "Va bene, vediamo cos'ha in serbo per te Phil."

Carly si diresse in cucina con Spike che la seguiva. Cominciò ad aprire gli sportelli e aggrottò la fronte. "Non mentiva, non è vero? Non c'è molto qui dentro." Finalmente aprì una credenza e trovò delle scorte di cibo per cani. "Almeno ha delle provviste per te", disse, abbassando lo sguardo su Spike. "Quest'uomo ha delle strane priorità."

Forse non aveva vissuto in quell'appartamento abbastanza a lungo da poterlo rifornire adeguatamente. La casa che aveva condiviso con Addison probabilmente conteneva più roba di quanta una persona potesse usarne in una vita intera. Quella che era appena diventata la sua ex moglie sembrava il tipo che tende a strafare. Carly era stata a casa loro solo una volta e le era stata sufficiente per non tornarci. Era immacolata e per nulla accogliente. Non c'era nulla fuori posto e non aveva quel senso di vissuto. Non capiva come si potesse vivere in quel modo. Quando avesse smesso di essere così scontroso, avrebbe chiesto a Phil da quanto tempo viveva lì. In qualche modo, quel posto gli si addiceva di più. Era…confortevole. Magari mancava di qualche amenità come il cibo, ma dava maggiormente una sensazione di accoglienza.

Carly aprì una lattina di cibo per cani e la versò in una ciotola, poi la sistemò sul pavimento per Spike. Lui ci si tuffò immediatamente e mangiò di gusto. Almeno era in grado di rendere felice uno dei maschi della sua vita. Spike era più semplice da capire rispetto a Phil. Perché insisteva tanto che lei prendesse il letto? Doveva rendersi conto che sarebbe stato scomodo sul divano. Lui era enorme e quel divano sarebbe riuscito a stento a contenere lei stessa che era minuta.

Lasciò Spike a godersi il cibo e tornò in soggiorno ad aspettare che Phil finisse la doccia. Si rivelò un'attesa breve. Imboccò il corridoio che collegava le stanze nello stesso momento in cui lo fece lei, con indosso solo un asciugamano avvolto attorno alla vita. Goccioline d'acqua gli scivolavano sull'ampio torace fino all'addome. Carly non riuscì ad impedirselo: le seguì con lo sguardo mentre si facevano strada verso l'asciugamano. Alzò di nuovo gli occhi e inspirò improvvisamente quando colse lo sguardo in quelli di Phil. Era decisamente calore quello che riflettevano rivolti verso di lei. Phil la desiderava.

Fece un passo in avanti, incapace di impedirsi di annullare la distanza tra loro. Se provava per lei anche solo un briciolo di desiderio, voleva esplorare quella possibilità. Per sapere finalmente cosa avrebbe provato a baciarlo, toccarlo, averlo per sé come aveva sempre immaginato. Forse era sbagliato. No, era decisamente sbagliato. Il suo divorzio era diventato effettivo quel giorno, appena qualche ora prima. Probabilmente lui era ancora vulnerabile e approcciarlo mentre si trovava in quello stato significava fare leva sul suo caos emotivo. Carly si fermò di fronte a lui e lo guardò. La stava fissando con intensità.

"Che stai facendo?" le chiese con voce roca.

Lei non parlò, non si fidava di sé al punto di parlare. Era quasi magica, questa attrazione che provava nei suoi confronti. In risposta alla sua domanda, sollevò una mano e gli sfiorò il petto con delicatezza. Lui prese ad inspirare bruscamente ad ogni carezza delle sue dita sulla sua pelle.

"Carly?" grugnì. "Se continui a farlo, perderò il controllo."

"Sembra promettente", replicò lei. "Perché non cerchiamo di scoprire quanto riesci a lasciarti andare?"

Chi era questa persona che gli stava parlando in quel modo? Carly non la riconosceva, ma voleva lasciarla libera di esprimersi. Era l'insieme di tutto quello che si era tenuta dentro troppo a lungo e in quel momento aveva finalmente permesso ai suoi desideri più oscuri di liberarsi.

I muscoli della mascella di Phil si contrassero. Stava ancora lottando per mantenere il controllo. Aveva bisogno di maggiori incentivi per perderlo e, per sua fortuna, Carly era più che disposta a portare le cose abbastanza avanti per aiutarlo ad oltrepassare il limite. Non importava più che cosa fosse giusto e che cosa sbagliato. Tutto ciò che contava era lui, e lei, e quello che potevano fare l'uno per l'altra…non c'era spazio per i rimpianti. Si avvicinò ancora di un passo e gli premette le labbra sul petto, poi leccò una delle goccioline. Phil emise un sibilo e le allacciò le braccia attorno al corpo, stringendola contro il suo rigido turgore. Il suo membro duro le premeva contro l'addome attraverso l'asciugamano, l'unica barriera tra lui e la nudità completa. Carly non vedeva l'ora di vederlo cadere a terra, dandole finalmente la possibilità di vedere quello che desiderava da così tanto tempo.

Sollevò gli occhi su di lui e gli ordinò, "Baciami."

Phil non aveva bisogno di altri incoraggiamenti. Chinò la testa e premette le labbra sulle sue. Il bacio fu esattamente come Carly aveva immaginato che sarebbe stato: selvaggio, appassionato e esigente. E il suo bacio non si limitò alle labbra. Phil le percorse le guance con la bocca, poi scese lungo il collo fino ad arrivare sulla sommità dei seni. Carly desiderava sentire la sua bocca sui capezzoli, ma l'abito che indossava era d'ostacolo. Quel dannato vestito doveva sparire. Aveva bisogno di sentire la pelle di lui sulla sua.

"Aprimi il vestito", gli chiese.

"Non ancora", replicò lui.

Accidenti a lui. Ne aveva bisogno. Carly cercò di divincolarsi dal suo abbraccio e di toglierselo da sola, ma lui la tenne ferma. "Che prepotente", le disse. "Quanto mi piace questo tratto di te. Ma stanotte sono io a comandare."

"No", rispose lei. "Io…" Non ebbe la possibilità

di aggiungere altro prima che la bocca di Phil tornasse a precipitarsi di nuovo sulla sua. Era un bacio diverso dal primo che si erano scambiati. Quello era una lotta tra due volontà, il vincitore avrebbe tenuto il timone per il resto della notte. Alla fine avrebbero vinto entrambi, comunque. Phil la spinse contro il muro e le tenne ferme le mani mentre le saccheggiava la bocca. Carly gemette ad ogni affondo della lingua contro la sua. Era ridotta a un ammasso tremante di desiderio. Dopo un lungo momento, Phil sollevò le labbra dalle sue e la guardò. "Sei pronta?"

Non sapeva se sarebbe mai stata del tutto pronta a fronteggiare la carica di desiderio che le aveva suscitato. Le violente emozioni che si agitavano dentro di lei erano quasi troppo da sopportare. Carly non rispose a parole, ma incontrò il suo sguardo con tutta l'audacia che riuscì a trovare e si leccò le labbra.

Phil la sollevò e la portò in camera. La mise giù e la fece voltare per aprirle lentamente la cerniera del vestito. L'abito cadde a terra, raccogliendosi in una pozza ai suoi piedi. Phil sollevò le mani, circondandole i seni attraverso il pizzo del reggiseno, poi le fece scivolare sulla sua schiena per slacciarlo velocemente, mandandolo a raggiungere l'abito sul pavimento. Carly si sentì bagnata tra le gambe e le sue mutandine si inumidirono ancora di più.

"Ho aspettato così tanto di poterti toccare", sussurrò Phil. "È molto più di quanto avessi immaginato."

Aspetta… Lui cosa? Più tardi l'avrebbe costretto a spiegare quello che intendeva con quell'affermazione. Per il momento, aveva esigenze più importanti. "Prendimi", ordinò.

"Pazienza", disse lui con gentilezza. "Ci sono così tante altre cose che voglio farti prima."

Non sarebbe mai sopravvissuta. "Ti prego", lo implorò.

Phil la sollevò e la sistemò sul letto, poi le fece scivolare le mutandine lungo le gambe. Finalmente, fece cadere a terra l'asciugamano, permettendole di vedere quello che aveva sognato dal momento in cui l'aveva visto uscire dal bagno. Carly sollevò una mano e la avvolse attorno all'asta lunga e dura del suo desiderio. Lui gemette profondamente mentre Carly lo accarezzava con le dita.

"Fermati", grugnì Phil, "o finirà tutto prima ancora di cominciare."

"Mai", rispose Carly. Adorava avere il controllo.

Phil le prese il polso, unendolo all'altro. Le tenne entrambe le mani sopra la testa mentre abbassava lo sguardo su di lei. "Sei così bella", disse. "Ho bisogno di averti." Si portò la mano libera al pene e si accarezzò.

Carly gemette e sollevò le gambe, allacciandogliele attorno alla schiena. "Ti prego, adesso."

Phil premette il membro eretto contro la sua umida cavità e Carly emise un gemito d'anticipazione. Phil non affondò dentro di lei come aveva sperato, ma fece qualcosa di persino migliore. Si strofinò contro il suo clitoride finché lei non prese a dimenarsi contro di lui. Era così vicina all'orgasmo. Non ci volle molto perché che le sue grida riempissero la stanza. Mentre le ondate di piacere cominciavano ad attenuarsi, Phil affondò dentro di lei. Ogni colpo era un piacere tanto intenso da rasentare il dolore.

"Ancora", disse Carly. "Più veloce."

Non appena la sentì pronunciare quelle parole, Phil perse del tutto il controllo e prese a muoversi dentro di lei con forza e rapidità. Le stelle esplosero davanti ai suoi occhi quando Carly raggiunse l'orgasmo per la seconda volta e Phil la seguì poco dopo. Era stato persino meglio di come aveva sognato. Era perfetto perché stavolta era reale.

Phil rotolò di fianco a lei e scostò le coperte dal letto. La infilò sotto e la raggiunse, attirandola tra le sue braccia. Avrebbero dovuto parlare di quello che era successo, ma lei non era pronta. Grazie al cielo lui non la forzò.

"Dormi", le disse. "Domani sarà qui fin troppo presto."

Carly fece come suggeriva e si lascò cadere nell'oblio.

# Quattro

Phil si rigirò e trovò il letto accanto a lui vuoto. Gli eventi della notte prima erano avvenuti veramente? Per certi versi, sembrava un sogno, un sogno da cui non avrebbe mai voluto svegliarsi. Dopo aver fatto la doccia, si era reso conto di non aver portato con sé nessun vestito, ma si era detto che non era poi un grosso problema. Sarebbe potuto tornare rapidamente in camera sua e avrebbe potuto vestirsi lì. Quando, uscendo dal bagno, si era trovato davanti Carly, tutto il suo corpo si era teso, vedendola: e tanti saluti alla doccia fredda che aveva fatto per raffreddare i suoi bollenti spiriti. Bastava che posasse gli occhi su di lei e era spacciato.

Dov'era andata?

Si alzò dal letto e si mise addosso qualcosa per andare a cercarla. Per prima cosa controllò la cucina, poi il soggiorno. Dopo una breve ricerca in tutto l'appartamento, dovette accettare l'idea che se ne fosse andata. L'aveva forse spaventata la sera prima, tanto da costringerla a fuggire? Aveva mal interpretato le sue intenzioni? No, se non l'avesse voluto anche lei, gli avrebbe dato una ginocchiata tra le gambe e tanti saluti. Carly non faceva nulla che non volesse fare davvero. Comunque, quello che era successo poteva non aver significato per lei quello che aveva significato per lui. Per Phil, era stato fare l'amore con la donna che amava silenziosamente da mesi. Forse Carly desiderava semplicemente qualcuno e lui era pronto e a disposizione.

La notte prima era stata eccezionale. Aveva desiderato a lungo di fare l'amore con lei, ma non si era aspettato che accadesse tanto in fretta. E se avesse sbagliato ad andare a letto con lei proprio il giorno del suo divorzio? Cosa doveva pensare adesso di lui? Phil raggiunse il divano e ci si lasciò cadere sopra. Si sentì invadere dalla disperazione all'idea di aver rovinato qualsiasi possibilità avesse potuto avere con lei. Quando fosse tornata, avrebbe dovuto parlarle con calma e spiegarle quello che provava. Era l'unica possibilità che gli restava, se voleva un'occasione per costruire una vera relazione con lei. Era il momento di correre il rischio e di giocare il tutto per tutto. Se la amava, doveva lottare per averla.

Probabilmente aveva portato Spike a passeggio. Il cane aveva bisogno di fare regolarmente esercizio e, mentre raggiungevano casa sua la sera prima, le aveva indicato un parco vicino al suo appartamento. Doveva essere lì che si era diretta e, forse, invece di starsene seduto in casa a pensare al peggio sarebbe dovuto andare a cercarla.

Phil sorrise come un idiota all'idea di rivederla. Accidenti, la amava davvero. E gli piaceva persino Spike. Potevano funzionare insieme e lui avrebbe fatto tutto ciò che serviva per convincerla. Non sapeva quello che le stava passando per la testa, ma sapeva quello che voleva lui, e non c'era nulla che non avrebbe fatto per tenerla nella sua vita.

Determinato, si alzò e tornò in camera a rendersi più presentabile agli occhi del mondo: una volta che l'avesse trovata, aveva intenzione di gettare le basi per una relazione che durasse per sempre. Doveva cercare di essere al meglio se voleva convincerla che era una buona idea. Non avrebbe guastato rendersi un po' più attraente prima di deporre il suo cuore ai piedi della donna che lo possedeva già.

CARLY PASSEGGIÒ CON SPIKE ATTRAVERSO IL parco e pensò alla notte precedente. Si era resa del tutto ridicola e non riusciva a convincersi che le importasse. O, meglio, le importava fin troppo. Che doveva pensare, Phil, di lei? Quando era uscito dal bagno indossando solo quell'asciugamano…aveva completamente perso la testa e si era praticamente gettata ai suoi piedi. Il piacere di trovarsi tra le sue braccia l'aveva fatta sciogliere. Se fosse andata come voleva lei, sarebbe stata nel suo letto, abbracciata a lui, tutte le notti.

Sperava che non pensasse male di lei per quello che era successo. Lui aveva appena ottenuto il divorzio e, alla prima occasione che si era trovata davanti, si era gettata su di lui come un animale affamato. In effetti era una descrizione calzante. Aveva passato troppo tempo morendo dalla voglia di assaggiarlo, baciarlo e toccarlo davvero. Comunque, l'unico modo per scoprire cosa pensava o credeva veramente era parlarci. Per quanto le costasse ammetterlo, era arrivato il momento di ammettere quello che provava nei suoi confronti e confidargli finalmente che lo amava. Poteva non essere la situazione ideale, ma era la sua unica possibilità. Se voleva avere una possibilità di instaurare una relazione reale con lui, avrebbe dovuto giocare il tutto per tutto. Aspettare che arrivasse un momento migliore sarebbe stata la cosa ideale, ma ormai erano andati oltre. Avevano già compiuto un passo e non potevano tornare indietro.

Spike cominciò a tirare il guinzaglio, cercando di correre in direzione di alcuni alberi. Alzò il naso nell'aria e annusò, poi riprese a strattonare con forza. "Che stai facendo?" Carly rafforzò la presa sul guinzaglio. "Non c'è niente per te in quegli alberi."

Spike abbaiò più forte e tirò Carly in avanti. Lei perse l'equilibrio, cadde pesantemente a terra e perse la presa sul guinzaglio. Il cane approfittò dello scompiglio in cui si trovava e scattò in una corsa selvaggia verso gli alberi. Carly si rotolò in ginocchio e gridò, "Spike, no!" Saltò in piedi e si mise a correre dietro di lui.

Che diavolo c'era in quei dannati alberi che il cane trovava tanto interessante? Uno scoiattolo? Se era così, alla prima occasione gli avrebbe dato un bello schiaffo sul naso. Era ridicolo. Doveva tornare all'appartamento e parlare con Phil.

I rami degli alberi la colpirono sulle guance mentre correva attraversando il piccolo boschetto nel parco. Spike aveva un grosso vantaggio e lei stava facendo fatica a non perderlo di vista. Sembrava ci fosse una radura più avanti. Carly seguì Spike fin nella radura e si fermò accanto a lui. "Che c'è, amico?" C'era un piccolo edificio con telecamere di sicurezza montate su ogni angolo della proprietà. Qualsiasi cosa ci fosse dentro, i proprietari dovevano ritenerla estremamente importante. Non che spettasse a lei decidere se lo fosse o meno; lei doveva convincere Spike a girarsi e a tornare all'appartamento di Phil.

Prima che avesse la possibilità di afferrare il guinzaglio di Spike, lui riprese a correre. Si lanciò con violenza contro una porta vicina e rimbalzò a terra. Che diavolo stava succedendo a quello stupido cane? Spike si rimise in piedi e annusò la porta. C'era qualcosa o qualcuno, lì dentro, che lo interessava proprio. Temeva che l'unico modo per convincerlo ad allontanarsi di sua spontanea volontà fosse trovare un modo per mostrargli che lì dentro non c'era nulla che lo riguardasse.

Raggiunse il cane e raccolse il guinzaglio. "Non so che odore hai sentito, amico, ma questa cosa sta diventando un tantino ridicola. I proprietari di questo edificio non saranno contenti di vederti così concentrato." Studiò la porta e cercò di prendere una decisione. Sarebbe stato abbastanza semplice introdursi all'interno. Non c'erano serrature complicate sulla porta. Strano, in effetti. C'era un chiavistello da cui pendeva un lucchetto, ma nessuna serratura sulla maniglia. Tutto il suo addestramento dell'FBI le urlava di lasciar perdere. Entrare nell'edificio era sbagliato ed entrarci illegalmente era ancora peggio, ma decise di andare contro il suo istinto. Tirò fuori una forcina dai capelli e la raddrizzò, poi la inserì nel lucchetto per forzarlo. Dopo qualche clic del meccanismo, si aprì. Carly lo staccò dalla porta e se lo infilò nella tasca, poi ruotò la maniglia e spinse la porta in avanti. Spike tirò il guinzaglio e lei perse di nuovo la presa, permettendo al cane di correre all'interno. Era una pessima proprietaria.

"Che diavolo stai facendo qui?"

Era stata così concentrata nell'impresa di

forzare la serratura che non aveva sentito nessuno avvicinarsi. Merda. Carly si voltò lentamente e, alla vista della persona in piedi di fronte a lei, spalancò la bocca. Addison. Aveva i capelli biondi sollevati in uno chignon tirato e i suoi occhi castani erano socchiusi in un'occhiata di puro odio. Ma quello che attrasse l'attenzione di Carly fu la pistola che stava puntando nella sua direzione.

Sollevò le mani lentamente per mostrarle che non era armata. Forse non la prendeva troppo bene quando qualcuno irrompeva nella sua…beh, qualunque cosa fosse quell'edificio. Non che ci tenesse particolarmente a saperlo. "Non serve che mi tieni sotto tiro", le disse con tono rassicurante. "Non voglio fare del male a nessuno." Per non parlare del fatto che era del tutto disarmata e non avrebbe potuto fare male a qualcuno anche se ci avesse provato. Era ben addestrata, ma le sue capacità erano limitate. Una pistola era imbattibile in un confronto del genere.

"Hai già visto troppo", replicò Addison. "Non posso permettere che nessuno conosca i piani, non ancora." Indicò la porta con un gesto e disse, "Va' dentro."

La ex moglie di Phil era forse diventata matta? Era per questo che avevano divorziato? Phil si era reso conto che era pazza e ne era uscito finché era ancora in tempo? No, Phil non l'avrebbe fatto. Se era malata, sarebbe rimasto al suo fianco a prescindere da qualsiasi cosa. C'era qualcos'altro sotto e Carly era certa che non le sarebbe piaciuto.

"Ti ho detto di entrare", gridò Addison. "Non costringermi a spararti. Odio gli spargimenti di sangue."

Buono a sapersi. Forse sarebbe riuscita a usare quell'informazione a suo vantaggio, più tardi. Carly si voltò e entrò lentamente nell'edificio, non sapendo cosa avrebbe potuto trovarsi davanti.

"Perché lo stai facendo?" Forse, se Addison avesse cominciato a parlare, Carly avrebbe potuto ragionare con lei. "Non sei costretta a tenermi qui."

"Sta' zitta", la riprese Addison. "Non mi sei mai piaciuta. Magari il sangue non mi entusiasma, ma non ho paura di togliere la vita a qualcuno, se serve."

Carly dovette ricordarsi di respirare. Addison era decisamente impazzita, matta da legare. Come aveva fatto Phil a restare sposato con lei dal momento che aveva chiaramente perso la ragione? Ancora più importante, come aveva fatto lei a nascondergli questo lato del suo carattere?

"Preferisco vivere", disse Carly. "Non serve che mi uccidi."

Il latrato di Spike echeggiò per l'edificio. "C'è il cane con te", disse, sorridendo apertamente. "Bene. Questo mi risparmia il fastidio di andare a prenderlo dopo. Gli uomini che ho assunto non sono riusciti a trovarlo, ieri sera."

"Aspetta", disse Carly, voltandosi a guardarla. "Sei stata tu ad introdurti in casa mia? Perché l'avresti fatto?" E perché voleva Spike?

"Sai già troppo", ribatté Addison, spingendola in una stanza buia. "Almeno ci sarai tu a fargli compagnia, prima che moriate entrambi." La porta sbatté e la serratura si chiuse con un clic. Una piccola finestra faceva entrare un po' di luce nella stanza, ma era comunque talmente buio che faticava a vedere a qualche centimetro da lei.

"Spike, in che casino mi hai fatto finire?"

"Temo che sia tutta colpa mia", le rispose una voce maschile.

Carly si voltò su sé stessa al suono di quella voce. La riconobbe immediatamente. Sentì gli occhi riempirsi di lacrime e inciampò in avanti, muovendosi nella direzione da cui proveniva il suono. La sua voce tremava quando disse, "Logan?"

"Temo di sì, tesoro", rispose tristemente. "Spike

deve aver sentito il mio odore e averti condotta qui. Se avessi potuto impedirlo, l'avrei fatto."

Carly sollevò le mani portandole alla bocca mentre le lacrime cominciavano a sgorgare liberamente. "Com'è possibile?"

"È una lunga storia e prometto che ti spiegherò tutto, dopo", le disse. "Ma, per il momento, credi di potermi slegare? Dobbiamo trovare un modo per scappare e non ti sono di nessun aiuto in questo modo."

Carly non ci pensò due volte. Si gettò a terra e si mise al lavoro sulle funi che gli avvolgevano i polsi, poi passò a quelle attorno alle caviglie. Una volta libero, gli gettò le braccia al collo e lo strinse a sé. "Pensavo che fossi morto."

"Per un po' ho pensato che sarebbe successo. Ma aveva delle ragioni per tenermi vivo", le spiegò. "E nessuna ti piacerebbe."

Carly aggrottò la fronte. "È pazza."

"Non sai quanto", rispose Logan con un sospiro. "Le cose che potrei raccontarti…" Sospirò di nuovo. "Non abbiamo molto tempo. Dovrai fidarti di me."

"Sempre", gli promise. Spike abbaiò in risposta, dando il suo contributo. Carly sorrise e gli strofinò la testa con la mano.

Spike saltò addosso a Logan e gli leccò la faccia. "Mi sei mancato anche tu", gli disse Logan, stringendo il cane tra le braccia. "Adesso arriva il difficile, beh, almeno la prima parte…trovare un modo per uscire da qui."

Carly temeva che sarebbe stato impossibile.

# Cinque

Era una bellissima giornata per una passeggiata nel parco. Almeno fu quanto si disse Phil mettendosi alla ricerca di Spike e Carly. Stava per lasciar perdere e tornare al suo appartamento quando un movimento attrasse la sua attenzione. Uno sprazzo di pelle abbronzata seguito da qualcosa di verde… Si voltò in quella direzione e vide Spike correre verso un gruppetto di alberi, seguito a ruota da Carly. Alla vista di Carly che si lanciava dietro al cane, una risata gli sorse dalle profondità del petto. Doveva aver fiutato uno scoiattolo e aver deciso di dargli la caccia. Povera Carly.

Phil si diresse verso il punto in cui li aveva visti sparire tra gli alberi. Non vedeva l'ora di averla di nuovo tra le sue braccia. Sì, avevano molto di cui parlare, ma non aveva creduto nemmeno per un momento che Carly non provasse nulla per lui. La notte precedente era stata troppo intensa per pensare altrimenti. Finalmente, le cose stavano andando in una direzione che gli piaceva. Lei era tutto per lui.

"Spike", la sentì gridare. Il cane era deciso a prendere quello scoiattolo, allora. Non capiva che fascino potesse avere quel piccolo ammasso di pelliccia, ma non se la sarebbe presa con Spike. La felicità nella vita, in fondo, derivava dalle piccole cose.

Passeggiò pigramente seguendo il tragitto segnato dal caos che Spike e Carly si erano lasciati alle spalle. Rami e foglie cadute marcavano il loro passaggio. I rametti si spezzavano a metà mentre li calpestava. Ne scansò alcuni che probabilmente erano abbastanza alti perché Carly e Spike ci passassero sotto. Mentre stava per raggiungere la radura, si fermò di colpo al sentire la voce che aveva sperato di non sentire mai più nella sua vita. Evidentemente, doveva aver fatto incazzare di brutto qualcuno in una vita precedente, dato che a meno di un metro di distanza da lui c'era la sua ex moglie. Teneva il telefono appoggiato all'orecchio e gli voltava le spalle.

"Ce l'hai?" stava chiedendo. "Lui è chiuso dentro. C'è stata una piccola complicazione." Si interruppe e ascoltò la risposta prima di continuare. "Non ti preoccupare, ho sistemato tutto e lei non sarà un problema ancora per molto. È qui anche il cane. Sono al sicuro. Non farmi aspettare."

Phil rimase di ghiaccio mentre la fissava. Di che stava parlando? Chi era chiuso dentro e perché lei sentiva la necessità di mettere qualcuno al sicuro? Doveva fare qualcosa. Carly...Addison doveva parlare di lei e Spike. Se erano chiusi dentro da qualche parte doveva trovare un modo per liberarli. Innanzitutto avrebbe dovuto fare la cosa giusta e chiamare i rinforzi. Solo un pazzo avrebbe fatto irruzione da solo. Ma che cazzo! Lo uccideva il pensiero di doversi ritirare tra gli alberi al coperto e aspettare. Infilò la mano nella tasca ed estrasse il telefono.

Dopo tre squilli rispose qualcuno. "Nome e credenziali."

"Parla l'Agente Philip Morrison", rispose con voce priva d'inflessione, producendo tutte le informazioni necessarie per procedere. "Ho bisogno di rinforzi dall'altro lato del boschetto adiacente a Crescent Park. C'è un edificio sotto chiave con un numero sconosciuto di sospettati all'interno. Stanno trattenendo l'Agente Carly Gallagher in ostaggio."

"Affermativo Agente Morrison", rispose l'interlocutore. "I rinforzi saranno lì in quindici minuti. Aspetti il loro arrivo prima di procedere."

Come no. Riattaccò e passò in rassegna l'area. Carly era lì dentro e non aveva intenzione di lasciarcela. I rinforzi avrebbero potuto dargli una mano quando fossero arrivati. Addison doveva essere tornata dentro. Si pentì di non aver portato la pistola con sé: temeva che ne avrebbe avuto bisogno. Addison poteva essere da sola, oppure no. Doveva aver avuto un vantaggio nei confronti di Carly se era riuscita a imprigionarla. Si trattava di Spike? Carly avrebbe fatto di tutto per quel cane, ma Phil sperava che non mettesse la vita di Spike prima della sua.

L'area sembrava pulita, quindi raggiunse rapidamente il lato dell'edificio. Si tenne rasente al muro e si mosse verso il punto di ingresso. La porta era spalancata, quindi Carly e Spike dovevano essere chiusi da qualche parte all'interno. Era scuro dentro e faceva fatica a vedere, ma non lasciò che questo gli fosse d'impedimento. Phil entrò il più silenziosamente possibile e prese a muoversi lungo il corridoio. Al suono della voce di Addison, si fermò ad aspettare.

"Che avete fatto voi due mentre ero occupata?" chiese Addison.

"Pensavi che ce ne saremmo rimasti a terra come due codardi, lasciandoti vincere?" rise Carly. "Non mi conosci molto bene, se hai pensato questo."

"Come se volessi entrare nella tua testa", la derise Addison. "Non mi abbasserei a tanto. Tu non sei nulla e come tale morirai."

Non se Phil avesse avuto voce in capitolo. Da quanto tempo Addison era così piena d'odio? Aveva smesso di prestarle attenzione così tanto tempo prima. Forse era sempre stata così e lui aveva liquidato la cosa come poco importante? In realtà non importava. Ad importare erano Carly e Spike. Non avrebbe permesso ad Addison di far loro del male.

"Addy", la chiamò con voce gentile. Lei si voltò immediatamente verso di lui stringendo la pistola.

"Avrei dovuto sapere che ti saresti fatto vedere. Ovunque va lei, la segui come un cucciolo addestrato."

"Che stai facendo?" le chiese. "Non è da te."

Lei scoppiò in una risata folle. "Come se tu mi

conoscessi davvero. Sei un idiota, ma hai servito il tuo scopo."

Alle sue parole trasalì. Che diavolo intendeva? "Metti via la pistola. Non vorrai che si faccia male qualcuno." Phil avanzò impercettibilmente per ridurre la distanza tra loro. Se fosse riuscito a strapparle la pistola, avrebbe potuto impedire che qualcuno si facesse male.

"Come se mi importasse di ferire qualcuno", lo derise lei. "Per quanto mi riguarda, potreste morire tutti in questo preciso istante. Il cane è l'unica cosa che conta."

"Perché vuoi Spike?"

Addison odiava i cani. Qualche tempo prima lui avrebbe voluto prenderne uno e lei aveva iniziato a dare di matto. Quando Carly aveva preso Spike, aveva pensato che fosse pazza perché Addison l'aveva convinto che una persona che svolgeva un lavoro come il suo non aveva tempo per un cane. Carly gli aveva dimostrato che si sbagliava. Certo, c'erano delle volte in cui non poteva essere presente personalmente, ma aveva preso accordi per provvedere a lui.

"Il cane ha un microchip impiantato addosso", spiegò Addison. "Con tutte le informazioni che mi servono per diventare milionaria. Contiene le chiavi di accesso ai codici dei missili nucleari. Quando li venderò al miglior offerente, sarò sistemata per tutta la vita e non mi vedrete mai più."

Phil fissò Addison attraverso l'oscurità, tentando di cogliere la sua espressione. Quand'era che aveva perso la testa? Ma soprattutto, quando aveva deciso che tradire il proprio paese era più importante di tutto il resto? Addison aveva ragione, non l'aveva mai conosciuta davvero e in quel momento non era così certo di volerlo.

"Ahi", gridò Addison cadendo a terra. "Brutta stronza."

"E dannatamente fiera di esserlo", replicò Carly mentre si voltava verso Phil brandendo la pistola che aveva tolto ad Addison. "Grazie per averla tenuta occupata."

Avrebbe voluto prendersi il merito di aver fatto qualcosa di buono, ma non era così semplice. Ascoltandola parlare, il suo mondo era andato in frantumi. Era stato praticamente incapace di fare alcunché per tutta la conversazione, accidenti. In quei momenti si era reso conto di essere un pessimo giudice di personalità e si era sentito perso.

"Già", disse con aria distratta. "Dov'e Spike?"

"Dentro la stanza a tenere compagnia a Logan.

Voleva aiutami, ma non è nelle migliori condizioni."

"Logan?" Doveva aver capito male. Logan era morto.

"Sì", rispose lei. "Sono rimasta sorpresa tanto quanto te."

Era… Come poteva accettare tutto quello che stava succedendo? Logan era vivo? Proprio il Logan che Carly aveva pianto così disperatamente? Lei lo amava. L'aveva forse persa prima ancora di avere una concreta possibilità con lei? Il destino doveva proprio odiarlo, accidenti.

Non l'avrebbe mai amato come amava Logan. Aveva perso e non sarebbe mai riuscito a superare quello che era successo.

"Esci e aspetta i rinforzi. Dovrebbero arrivare presto. Mi assicurerò che Addison non vada da nessuna parte."

"Stanno arrivando i rinforzi?" gli chiese, la sorpresa chiaramente percepibile dal suo tono. "Non capisco come hai fatto a sapere che eravamo qui e a chiamare dei rinforzi, ma te ne sono grata. Non penso che Logan sarebbe sopravvissuto qui dentro ancora a lungo. È così debole."

Logan. Logan. Logan. Non avrebbe dovuto essere geloso, ma non riusciva ad evitare di sentirsi così. Quell'uomo probabilmente aveva passato l'inferno e tutto quello a cui riusciva a pensare Phil era che aveva perso Carly.

"Esci", le ripeté. "Sto solo facendo il mio lavoro e non ho ancora finito."

Lei annuì e fece come aveva suggerito. Phil tenne le emozioni sotto controllo perché aveva un lavoro da fare. La sua ex moglie avrebbe pagato per la tragedia che gli aveva provocato. Era solo colpa sua se lui aveva perso tutto. Se non fosse stato per il suo piano, lui non avrebbe mai creduto di avere una possibilità di essere felice.

Mantenne l'attenzione su di lei per tutto il tempo. Non una volta pensò di controllare Logan o Spike. La rabbia che sentiva infuriare dentro di lui aveva qualcosa a cui attaccarsi e non c'era una sola possibilità al mondo che se la facesse sfuggire. Addison, quella stronza. Avrebbe pagato.

"Phil", gridò Logan con voce roca.

Era diviso tra il desiderio di aiutarlo e quello di non perdere di vista Addison.

"Non sembra che stia troppo bene", lo derise Addison. "Non vuoi che muoia, non è vero?"

Phil la ignorò mentre il dolore che sentiva nel cuore si scavava un buco nella sua anima. No, non voleva che Logan morisse. L'avrebbe aiutato a costo della sua stessa vita. Ciononostante, avrebbe dovuto assicurarsi che Addison non potesse fuggire prima di fare qualsiasi altra cosa. "Addy", disse in falso tono di sincerità. "La tua gentilezza non conosce confini."

"Il sarcasmo non ti si addice", gli rispose con malignità. "Ma col tempo potrebbe."

"Non ascoltarla", gli disse Logan. "È una puttana senza cuore."

Come se non lo sapesse. Non rispose a Logan perché non si fidava di sé stesso e temeva di dire qualcosa di stupido. "Avrai un sacco di tempo per affinare le tue abilità quando sarai rinchiusa in un penitenziario federale. E sono certo che ti riuscirà meravigliosamente."

Un rumore di passi echeggiò nell'edificio mentre un gruppo di uomini si muovevano nella loro direzione. Presto l'edificio fu pieno di agenti che presero in carico la situazione. Phil cedette il comando e si diresse fuori. Uscendo, rimase accecato dalla luce del sole. Appena gli si schiarì la vista, andò in cerca di Carly. La trovò impegnata in una conversazione animata con un altro agente. Agitava le mani in ogni direzione. Si diresse verso di lei per assicurarsi che fosse illesa come sembrava. Dopo, sarebbe andato in ufficio e avrebbe compilato il modulo per richiedere il trasferimento. Non era capace di restarle vicino senza poterla reclamare per sé. Sarebbe stato troppo difficile vederla con Logan.

"Quella pazza pensava che Spike avesse un qualche microchip impiantato addosso. Ha torturato Logan per un anno cercando di trovarlo e alla fine lui ha ceduto e le ha confermato che era nel cane. Pensava che Spike fosse morto nell'esplosione o non gliel'avrebbe mai detto. Ha pagato qualcuno perché si introducesse nel mio appartamento e cercasse di prenderlo. Spike, in qualche modo, è riuscito a scappare. È stato per pura fortuna che siamo incappati nel posto in cui teneva Logan, oggi. Avrà bisogno di molta assistenza medica."

Phil ingoiò il groppo che aveva in gola. Era stato sposato con quella donna ed era rimasto cieco di fronte alla persona che era davvero e a ciò di cui era capace. Per certi versi, sembrava quasi che fosse colpa sua. Come avrebbe potuto farsi perdonare da Carly e Logan? L'agente con cui stava parlando Carly annuì e si allontanò. Lei si voltò verso Phil e gli rivolse un sorriso luminoso, poi si lanciò tra le sue braccia. Lui la prese d'istinto e respirò il suo profumo, imprimendoselo nella memoria. Presto non più goduto il lusso di averlo attorno e voleva ricordare ogni parte di lei.

"Sono così contenta che tu sia arrivato", gli strinse le braccia attorno al collo. "Continuavo a pensare che non c'erano speranze e poi, come se fosse un miracolo, ho sentito la tua voce. Sei il mio salvatore, lo sai? Ogni volta che mi trovo in pericolo o che il pericolo trova me, posso contare su di te per tirarmi fuori. Quando comincio a perdere le speranze, ricordo a me stessa che non è male come sembra perché devo solo chiudere gli occhi e ti troverò lì davanti a me. L'unico uomo che mi è sempre rimasto accanto." Si ritrasse per incontrare il suo sguardo. "Ti amo."

Phil si sentì come investito da un macigno. "Puoi ripetere? Non penso di aver sentito bene."

Carly premette le labbra sulle sue in un rapido bacio. "Non è il momento ideale, ma non riesco più a tenerlo dentro. Ti amo da così tanto tempo, ma pensavo che fosse una causa persa. Ieri notte…" Il rossore le imporporò le guance e lei abbassò lo sguardo per un momento. "Ha cambiato le cose. Dovevo dirti come mi sentivo, e spero che col tempo potrai amarmi anche tu."

Appena qualche attimo prima stava pianificando di andarsene senza più voltarsi indietro.

Sbagliando, aveva pensato che lei amasse Logan. Come aveva fatto ad interpretare tutto così male? Phil stava seriamente cominciando a dubitare delle sue capacità d'osservazione, ma non aveva alcuna intenzione di allontanarsi da lei. Aveva detto che lo amava e non le avrebbe permesso di rimangiarselo.

Curvò le labbra verso l'alto. "Non lo so", disse divertito. "È qualcosa di grosso in cui sperare. Sei una donna molto impegnativa…"

Carly inclinò la testa all'indietro e lo studiò. "Ti stai prendendo gioco di me?"

"Solo un tantino", replicò Phil, poi si chinò a bisbigliarle in un orecchio. "Ti amo più di quanto avrei mai creduto possibile. Le cose sono successe così in fretta che ho paura che salti tutto all'aria."

"Possiamo farle funzionare", ribatté Carly. "Non lasciamo perdere prima di esserci dati una possibilità."

Aveva così paura di perderla. Se fosse successo, non sapeva come avrebbe potuto reagire. "Tutto quello che posso prometterti è che ti amerò sempre e ti pregherò di avere pazienza con me."

Carly sorrise. "Sono termini ragionevoli. Accetto."

Spike uscì correndo dall'edificio e prese a muoversi in cerchio attorno a loro. Carly rise e sollevò il guinzaglio che ancora gli pendeva dal collare. "Portiamo Spike a casa."

Quelle furono le parole più dolci che aveva mai sentito, insieme a quelle con cui aveva ammesso di amarlo. Quella giornata stava cominciando a migliorare di minuto in minuto e, se era abbastanza fortunato, il loro futuro sarebbe stato ancora più roseo.

"Sembra che abbiamo un piano", accettò Phil. "Poi possiamo andare in ospedale a vedere come sta Logan. Non riuscirai a rilassarti finché non l'avrai fatto."

Le labbra di Carly scattarono verso l'alto. "Mi conosci così bene. Sarà difficile permettergli di allontanarsi da me. Sono stata così male, quando pensavo che fosse morto."

La baciò sulla fronte. Non molto tempo prima gli avrebbe fatto molto male sentire quelle parole, ma in quel momento sapeva che lei amava lui, non Logan. Quello che provava per Logan era qualcosa di completamente diverso. Era stato tanto geloso da non riconoscere l'amicizia che li univa per quello che era realmente. Che stupido era stato.

"Ora è tornato da te. Non andrà da nessuna parte, e nemmeno io."

Carly rafforzò la stretta. "Sarà meglio, o ti prometto che te ne pentirai."

Phil ridacchiò con leggerezza. Ecco com'era Carly, impetuosa fino al midollo. Non avrebbe potuto amarla più di quanto già non facesse nemmeno se si fosse sforzato. Come aveva potuto essere così fortunato da innamorarsi di una donna tanto meravigliosa? Era meglio non farsi domande e accettare il dono che gli era stato concesso. Cosa che Phil aveva ogni intenzione di fare per il resto della propria vita.

# Epilogo

*Un anno dopo…*

"Carly", disse esasperata sua sorella, Harper. "Non mi sono presa il disturbo di ottenere un permesso per guardarti fare avanti e indietro qui dentro."

"La Marina può fare a meno di te per un paio di giorni", scattò Carly. Magari rispondeva male a sua sorella, ma Carly era fiera di lei. Si era guadagnata i gradi che portava grazie al suo coraggio e alla sua determinazione.

"Parli senza sapere", la rimbeccò sua sorella. "Se non fosse riservato, ti direi tutto, sbattendoti in faccia i particolari."

In qualità di agente dei servizi segreti, il lavoro

di sua sorella era talmente top secret che nessuno sapeva neppure che esistesse. Tutto ciò che Harper era riuscita a dirle era che era stata selezionata per il programma di intelligence. Una parte di lei moriva dalla voglia di prenderla in giro quando glielo aveva annunciato, ma si era trattenuta.

"Le mie scuse, Capitano", replicò Carly mettendosi sull'attenti. "Perdonami per aver messo in dubbio la tua importanza. Ora smettila di importunarmi e aiutami a sistemare questo", le ordinò. Strattonò il dietro del vestito. Un pezzetto di pizzo penzolava da un filo. Harper alzò gli occhi al cielo e tirò fuori un paio di forbici, poi lo recise. Carly le indirizzò un'occhiataccia. "Non era quello che intendevo, e tu lo sai."

Si supponeva che l'abito fosse, ecco, perfetto. Tagliarne un pezzettino non lo rendeva tale. Ma almeno quel punto del vestito sembrava a posto anche senza quell'ornamento extra. Carly si guardò nello specchio a tutta altezza, ammirando il suo abito. La gonna era composta da strati di tulle con un'applicazione floreale che saliva fino al corpetto, dove contornava una vertiginosa scollatura a v. Il delicato color avorio valorizzava la sua carnagione.

"Andrà tutto bene", le disse sua sorella. "Sei perfetta. Non ci sarà nulla che andrà storto."

Era il giorno delle sue nozze. Entro meno di dieci minuti avrebbe percorso la navata e sposato l'uomo che amava. Avevano avuto un inizio un po' movimentato, ma tutto era migliorato dopo l'arresto di Addison. Logan era guarito, ma era sempre triste. Non era lo stesso uomo di prima e Carly temeva che non lo sarebbe tornato mai più. Ci voleva qualcosa, o qualcuno, che lo tirasse fuori dallo stato in cui si trovava. Spike continuava a vivere con Carly, ma Logan insisteva sull'avere diritto di visita. Diritto che Carly gli aveva concesso abbastanza volentieri.

Forse stava cominciando a trasformarsi in un mostro. Comunque, l'unica cosa che importava davvero era Phil e a lui non sarebbe importato se al suo vestito mancava un piccolo pezzettino. Scommetteva che non si sarebbe nemmeno accorto che era sparito. Specialmente in virtù del fatto che non aveva ancora posato gli occhi sul vestito.

Un colpò echeggiò nella stanza e Logan entrò. Aveva un sorriso incollato sul viso. "Guardati, tutta agghindata. Non ho mai pensato che avrei visto il giorno in cui ti fossi volontariamente legata ad un altro uomo."

Carly lo abbracciò, felicissima di riaverlo nella sua vita. "Sta' zitto", lo rimbrottò. "Tu sei l'unica persona ad aver sempre saputo quello che provavo per quell'uomo. Non dovresti essere sorpreso."

"Non lo sono", rispose. "Non posso scherzare con la mia ragazza preferita?"

La lasciò e fece un passo indietro. La guardò, poi la sua attenzione scivolò su Harper. "Siete entrambe incantevoli. Sei pronta a farlo? Gli invitati stanno diventando irrequieti, là fuori." Logan si infilò le mani nelle tasche, ma non prima che Carly le avesse viste tremare. Dopo essere stato tenuto in ostaggio per più di un anno, aveva dei problemi a riabituarsi alla società. La gente in generale lo rendeva nervoso e in caso di folla era ancora peggio. Lei aveva limitato il numero degli ospiti sperando di diminuire il suo disagio, ma probabilmente gli ci sarebbe voluto ancora molto prima che potesse trovarsi a suo agio in mezzo agli altri. Averlo al suo matrimonio era importante, per lei. Phil sapeva quanto lei tenesse a Logan e gli aveva chiesto di fargli da testimone. In quel modo, Carly avrebbe avuto le due persone a cui teneva di più, beh, oltre a Phil, accanto a lei mentre pronunciava i voti. Per lei era incredibilmente importante che sia Harper che Logan potessero essere presenti al suo matrimonio. "A meno che tu non abbia cambiato idea", scherzò lui. "Basta che tu lo dica e sgombrerò la chiesa in un batter d'occhio."

Carly gli rispose con un sorriso luminoso. Non si era mai sentita più pronta per qualcosa in tutta la sua vita. Quando la giornata fosse finita, sarebbe stata la moglie di Phillip Morrison. Beh, non aveva intenzione di prendere il suo cognome, ma non c'era alcun bisogno che lui lo sapesse, ancora. E, comunque, dubitava che se la sarebbe presa troppo.

"Siamo pronte", rispose Carly. "Dì a tutti che lo spettacolo può cominciare."

Lui annuì e lasciò la stanza. Lo sguardo di Harper non si era mai staccato da lui per tutto il tempo in cui era rimasto nella stanza. Appena avesse trovato un attimo avrebbe dovuto fare qualche domanda in proposito a sua sorella. In quel momento, tuttavia, aveva cose più importanti per la testa.

Lasciarono la stanza e si diressero verso la cappella. Spike le aspettava nell'alcova. Accanto a lui c'era un cestino che conteneva un cuscinetto su cui erano legate le fedi. Era lui il paggetto ufficiale con il compito di portare gli anelli. Quando le vide, abbaiò. "Sei pronto per fare la tua parte?" Carly si chinò e lo accarezzò sulla testa. Quando la musica riempì la chiesa, baciò il suo pelo dorato e disse, "Tocca a te, Spike. Va' e rendici orgogliosi."

Lui sollevò il cestino e percorse la navata a passo sciolto. Carly rise mentre lo osservava scodinzolare. Quando arrivò in fondo, Logan prese le fedi dal cuscino e mise da parte il cestino. Spike sedette accanto a lui e si voltò verso la navata. Harper procedette e Carly la seguì. Il suo sguardo non si staccò mai da quello di Phil per tutto il tempo che impiegò a percorrere la navata.

Era quello che aveva desiderato per tanto tempo, appartenergli. Lui era sempre stato là dove lei aveva bisogno che fosse. Ormai non doveva più chiudere gli occhi per immaginarsi la loro felicità insieme. Ormai, non doveva fare altro che sollevare lo sguardo e l'avrebbe trovato lì ad aspettarla con le braccia aperte. Non c'era nulla di più perfetto dell'amore che li univa.

## SULL'AUTRICE

DAWN BROWER HA UNA LAUREA IN PSICOLOGIA, UN Master in Scienze dell'Educazione e un Master in

Lettere e Filosofia con specializzazione in Letteratura, Storia e Sociologia. Lavora come supplente e
le piace la flessibilità che il suo lavoro le concede,
permettendole di concentrarsi sulle sue altre
passioni.

È cresciuta come unica femmina in una famiglia
di sei figli. Ora è la madre single di due ragazzi
adolescenti e nella sua vita non c'è un solo
momento di noia. Il suo passatempo preferito è
leggere; apprezza tutti i generi, ma la maggior parte
della sua produzione creativa si concentra sulla
letteratura rosa contemporanea e di sfondo storico.

La sua testa è sempre stata piena di storie, ma
non pensava di essere in grado di trasportarle nella
realtà. Alla fine, la sua vena creativa ha trovato uno
sfogo. Trovate ulteriori informazioni sul suo sito
web: www.authordawnbrower.com.

# Note sull'Autrice

*Campionessa di vendite USA*, DAWN BROWER scrive
sia romanzi storici
che contemporanei. Da sempre mille storie le
frullavano per la testa; e ora,
finalmente, ha trovato il modo per dar loro vita. La
sua creatività è riuscita
a trovare uno sbocco. Unica femmina di sei fratelli,
l'Autrice è madre di due splendidi ragazzi
adolescenti. Non c'è un attimo di pausa nella sua
vita.
Leggere è il suo hobby preferito, e adora ogni
genere letterario.
Per maggiori Info: **www.
authordawnbrower.com**

# Estratto: Mai prendersi gioco di un'Istitutrice

# Dawn Brower

# Mai Prendersi gioco di un'Istitutrice

# Prologo

I fulmini saettavano e illuminavano il cielo notturno, rischiarando la stanza più di quanto potesse fare la semplice fiammella di una candela. Ci fu un enorme boato, che echeggiò sulle pareti della stanza, frantumando il silenzio notturno. Era la fine di marzo ma, da come pioveva, sembrava inverno inoltrato. Suo padre era morto e presto sarebbe morta anche sua madre. Ora era lui il nuovo Conte di Siviglia, e Damon Senzacuore non poteva sentirsi più spaventato.

Aveva solo tredici anni. Come si poteva pretendere da un ragazzino che facesse da capofamiglia? Non gli era stato concesso nemmeno di frequentare una scuola, e ora aveva in mano la vita delle sue quattro sorelle e il futuro dell'intera famiglia? Non si sentiva all'altezza. Tutto quello di cui era capace era far rimbalzare una palla: non era pronto a un tale cumulo di responsabilità.

Prima che suo padre morisse, Damon era andato al suo capezzale, ma ora si pentiva di averlo fatto. Il volto solitamente forte e massiccio di suo padre era diventato smunto e cadaverico, un'immagine terribile a cui lui non era preparato. L'uomo delirava, ed era stato incredibilmente penoso assistere alla sua morte. Anche adesso Damon non riusciva a togliersi quella faccia agonizzante dalla mente. Era lui che era un debole, o sarebbe stato terribile per chiunque assistere impotenti alla dipartita del proprio genitore?

Di sicuro, quella notte gli sarebbe rimasta incollata addosso per sempre.

Se avesse potuto cancellare quel ricordo, l'avrebbe fatto con gioia.

Ma non poteva. Come non aveva potuto assistere anche alla morte di sua madre. Vedere morire suo padre gli era bastato, e probabilmente il suo fantasma lo avrebbe perseguitato in ogni angolo buio. Preferì rintanarsi in biblioteca a piangere tutto il suo dolore. Ed era solo l'inizio. Presto sarebbero arrivati i creditori, e l'intero palazzo sarebbe stato depredato. Avrebbero buttato giù le porte e sarebbero penetrati in casa come un'orda affamata, prendendo tutto quello che era possibile. Forse perfino le porte e la mobilia che non era ancorata a terra. Sarebbe stato uno spettacolo angosciante per tutti. E poi? Che sarebbe stato di lui e delle sue sorelle?

*Doveva pensare a qualcosa...*

Ma più si arrovellava, più si sentiva oppresso. Non c'era più niente da vendere, e l'intera proprietà era in rovina. Non c'era neanche niente da mangiare. Come si sarebbero sostentati? Di sicuro il palazzo sarebbe stato requisito e loro...dove si sarebbero rifugiati? Al solo pensiero di vivere in mezzo alla strada come degli straccioni, si sentiva morire...

"Damon." lo chiamò qualcuno.

Si voltò. Le sue sorelle, le gemelle Carly e Chris, entrarono nella stanza. Erano di tre anni più grandi di lui e le più cocciute tra tutti i fratelli. Chris soprattutto: era una mezza matta, e si trascinava appresso Carly, che tendenzialmente non era così selvaggia. A volte Damon sentiva di invidiarle: sembrava che niente e nessuno potesse scalfire la loro forza...

"Che c'è?" rispose, con un brivido di paura. Qualche altro problema?

Chris si fece avanti. "Mamma sta morendo."

"Lo so. Presto mamma e papà saranno insieme."

Cos'altro c'era da dire? Presto sarebbero diventati orfani. La nidiata innocente di due genitori sventati che avevano trascorso la vita a pensare solo a se stessi e ai propri capricci, e che alla fine li avevano lasciati sommersi dai debiti. In fondo, erano orfani da sempre. Fin da piccoli i fratelli Senzacuore avevano dovuto imparare a cavarsela da soli. E ora che i genitori stavano morendo non avevano un futuro. Erano nati ricchi, nobili…e i loro genitori avevano sciupato tutto. Una vita scellerata, che ora era ricaduta sulle spalle dei loro figli.

"Volete darle l'ultimo saluto?" chiese Carly, dolcemente.

"Non lo so." rispose Damon, con voce spenta. Cercò di farsi forza. "Mi sembra che ci sia Billie accanto a lei."

"E' vero. Ma forse nostra madre avrebbe piacere di vedervi l'ultima volta…" azzardò Chris. - Anche Teddy è lì. Tra poco verrà a parlarci. A quanto pare, mamma l'ha pregata di vegliare su di noi…"

"Non abbiamo bisogno di un angelo custode, non lo abbiamo mai avuto! - esclamò Damon, con rabbia - Siamo sempre stati soli. La morte di mamma e papà non cambia un bel niente!"

"Non dite così. Capisco la vostra amarezza, ma sbagliate. Mamma e papà non sono stati due genitori modello, ma a loro modo ci hanno amati. E la loro morte può ancora insegnarci qualcosa." disse Carly. La sua voce trasudava determinazione.

"Che cosa?" chiese Damon. Voleva disperatamente credere che avessero una possibilità di sopravvivere, dopo la morte dei loro genitori. Non voleva cedere alla disperazione.

"Che dobbiamo fare affidamento gli uni sugli altri. Restare uniti. Billie ci ha sempre fatto da madre: troverà un modo per salvarci, ne sono sicura. Ma noi dobbiamo stringerci intorno a lei. Non le saremo di nessun conforto, se ci abbandoniamo alla disperazione."

"Avete ragione." rispose Damon, pensieroso. La sorella maggiore si era sempre adoperata per tutti i suoi fratelli. Era sempre stata lei ad accudirli, e ad assicurarsi che non gli mancasse nulla. Aveva vegliato sulla loro salute, sul cibo e sul vestiario. Nei limiti del possibile, gli aveva anche garantito un'istruzione. Era stata lei, la loro vera madre. E ora toccava a loro aiutarla. Billie era l'anima di quella famiglia. Se si fosse avvilita, nessuno dei fratelli avrebbe avuto scampo.

"Non possiamo pesare su Billie. - mormorò Damon - Dobbiamo darle forza e restare uniti. Ognuno di noi deve fare il suo: non possiamo aspettarci tutto da lei."

"Parole sante! - esclamò Teddy, entrando nella stanza - Ho visto Billie molto prostrata e, se si abbatte lei, non avremo nessuna speranza di uscire da questo incubo. Ognuno di noi deve fare la sua parte. E sostenerla in questo momento così difficile."

"Alla fine, si sacrificherà per noi, come ha sempre fatto.- mormorò Chris

- Mi è sembrato che le frullasse qualcosa per la testa e, - Dio ce ne scampi e liberi! - non è abbastanza lucida per discernere la cosa migliore da fare. Temo che non ascolterà nemmeno i nostri consigli."

"Billie è una ragazza assennata: dobbiamo confidare in lei. - disse Teddy - Ed è cocciuta esattamente come tutti noi. Qualsiasi decisione prenderà dobbiamo rimanere al suo fianco: giusta o sbagliata che sia, cercherà di agire col cuore, per il bene di tutti noi."

Damon fece un respiro profondo. Non c'era nulla che potesse fare. Non c'erano soldi nelle casse di Siviglia. Il patrimonio di famiglia si era ormai volatilizzato, e tutti loro versavano in una condizione di estrema indigenza. Il castello era l'ultima cosa di valore che rimaneva, e ben presto avrebbero perso anche quello. C'era quell'inutile titolo…e quel briciolo di dignità dovuta alla nascita illustre. Ben poco, a farsi bene i conti.

"Ne convengo." Guardò fisso le gemelle. "Confido che, almeno per il momento, metterete da parte la vostra pazzia e vi comporterete da persone per bene. Sono l'erede al titolo, per quanto possa valere, e da ora in poi terrò a cuore la vostra reputazione. Non aggiungiamo altro inferno a quello che si prepara."

Carly sbuffò. "Proverò. Ma non sono responsabile di Chris."

"Chris si comporterà bene .- aggiunse Damon, con durezza - Considerate che potrebbero anche dividerci. E l'unica speranza per voi sorelle per uscire da questo incubo sarà contrarre un buon matrimonio. La vostra reputazione dovrà mantenersi illibata."

"Che si provino a dividerci! - esclamò Chris, con rabbia - Niente e nessuno ci separerà mai!"

"Calmatevi, Chris! - disse Carly - Damon ha ragione. Dovremmo cercare di frenare i nostri impulsi e non aggiungere altri problemi. Nostro fratello lo dice per il bene di tutti…e non posso che dargli ragione."

"In realtà sono il più piccolo, ma dovrei assumermi la mia responsabilità di capofamiglia. Sono erede di un inutile titolo e di un castello che non sarà mai mio. Nostro padre si è giocato tutto il patrimonio, e nostra madre gli ha dato man forte. Siamo soli. Possiamo contare solo su noi stessi. L'urgenza è trovare un modo per risalire la china e non finire in mezzo alla strada."

"Ci riusciremo. - esclamò Teddy, con decisione - E non finiremo in mezzo a una strada. L'amore che ci lega ci preserverà dalla rovina. Ne sono più che sicura!" E tese le braccia ai fratelli, che si tuffarono sul loro petto.

"Ce la faremo!" ripeterono con forza le gemelle.

Ma Damon rimase in silenzio. Avrebbe voluto avere la fede incrollabile delle sorelle, e invece non riusciva che a vedere la rovina, nel loro futuro. Si ritrasse da quell'abbraccio collettivo e corse fuori dalla stanza. Aveva un disperato bisogno di starsene per i fatti suoi a riflettere. Confidava nella saggezza di Billie, e non dubitava che la cara sorella sarebbe riuscita in qualche modo a salvarli. Pregò il Cielo che, qualsiasi cosa lei avesse fatto, fosse la decisione giusta. Altrimenti…sarebbero stati tutti perduti.

Detestava sentirsi così impotente..

# Capitolo Primo

*Dodici anni dopo...*

La pioggia cadeva dal cielo a scrosci, inzuppando la signorina Alexandra Matthews dalla testa ai piedi. Quello era il suo univo vestito buono. Dio mio, non aveva nulla di più presentabile per quel colloquio...

Suo padre era morto da una settimana, lasciandola senza un soldo. Quel poco che il barone Fitzwilliam Matthews ancora possedeva era andato a un cugino di secondo grado, Robert Matthews. Il nuovo barone si era rifiutato di occuparsi di lei e l'aveva anche fatta anche cacciare di casa, senza permetterle di portare via nulla, nemmeno i suoi effetti personali o qualche capo di vestiario. L'unica cosa che Alex era riuscita a portar via, nascosto tra le sue gonne, era stato il suo libro preferito dei sonetti del Bardo. Per fortuna quel bastardo di Robert non aveva pensato di frugarle addosso, altrimenti l'avrebbe privata anche dell'unico ricordo della sua famiglia…Quel verme…

Aveva una lettera di referenze dalla viscontessa Giffard. Alex aveva fatto da istitutrice alla sua bambina per qualche tempo, in modo da tirare avanti. La baronessa non aveva grandi rendite, e così i soldi le bastavano appena per mangiare. Ma almeno aveva un alloggio. Con quelle referenze, Alex sperava adesso di trovare un lavoro ben retribuito.

Suo padre non l'aveva mai amata. Desiderava un erede maschio e, quando si era trovato davanti una bambina, si era completamente disamorato di lei.

Inoltre, sua madre era morta dandola alla luce, e questo l'aveva allontanato definitivamente dalla bambina.. L'uomo stravedeva per sua moglie, e aveva preso subito a incolpare la figlia per quella gravosa perdita…Non si era mai risposato e, forse per ripicca o solo per rancore, aveva cominciato a trattare la figlia come il maschio che non aveva mai avuto, istruendola su mansioni propriamente maschili come redigere libri mastri, gestire una tenuta, e apprendere le lingue. Alex scriveva e parlava fluentemente in italiano, greco, francese e latino, oltre che in Inglese. Inoltre aveva imparato i rudimenti della letteratura, della filosofia, della matematica e della storia, e la sua cultura era pari a quella di qualsiasi gentiluomo Inglese.

Forte della sua istruzione, Alex ora camminava spedita verso la tenuta del Duca di Graystone. Se non ci fosse stata quella maledetta pioggia… Qualcuno le aveva detto che al castello cercavano un'istitutrice per i due rampolli decenni, e aveva deciso di farsi avanti. Era convinta di avere tutte le carte in regola…anche se aveva sentito dire che la Duchessa era un tipo difficile, e che ci teneva tantissimo ai suoi due figli. Alex si augurò di essere almeno presentabile, quando avesse bussato ala porta del maestoso castello…

Si addentrò nel viale d'ingresso della tenuta, combattendo col vento che la spingeva indietro. Quando finalmente arrivò all'enorme portone di legno massiccio la pioggia le scorreva a rivoli giù per la faccia. Provò ad asciugarsi un po', ma era tutto inutile. Rassegnata, si fece coraggio e bussò.

· · ·

LA PORTA SI APRÌ QUASI SUBITO, E UN UOMO anziano e dalle proporzioni generose apparve sulla soglia. Aveva i capelli grigi e due occhi azzurri e gentili, con cui la squadrò dalla testa ai piedi. "Come posso aiutarvi, signorina?" chiese l'uomo.

"Sono qui per il posto di Istitutrice…" farfugliò Alex, completamente a disagio.

"Avete un appuntamento con la direttrice del personale?" s'informò l'uomo.

Alex rabbrividì, poi starnutì. *Diamine, quella pioggia stava per farle venire un malanno!* "Non esattamente." disse. Poi starnutì di nuovo.

"Bivens, chi c'è alla porta?" esclamò una voce femminile, alle spalle del domestico.

Una donna minuta, con i capelli biondo dorato e gli occhi blu scuro, si materializzò alle spalle del maggiordomo. Indossava un abito magnifico, che ben si intonava al colore dei suoi occhi.

"Oh, povera cara. Entrate, vi prego. Siete completamente fradicia!" La donna lanciò un'occhiata indispettita a Bivens. "Perché l'avete lasciata in piedi sotto la pioggia? Dov'è la proverbiale ospitalità dei Duchi di Graystone?""

"Le mie scuse, Vostra Grazia, - disse l'uomo, con tono contrito - ma la signorina mi stava appunto dicendo di essere qui per quel posto di istitutrice…Non c'è stato tempo di fare altro."

La duchessa non rispose, ma sembrava irata con il maggiordomo.

Tuttavia non aggiunse una parola e non andò in escandescenze. Fece un cenno col capo a Bivens, e l'uomo si precipitò a fare entrare Alex e a toglierle dalle spalle la mantella inzuppata. Dio, quella donna emanava un'aura di tranquilla autorità… Alex l'ammirò di primo impatto. Era una vera signora…

"Il posto da istitutrice… - mormorò tra sé la duchessa - Chi ve lo ha detto? Non mi pare di aver fatto tanta pubblicità…"

"E' stata un'occasione fortuita. Ho sentito uno dei vostri servi parlarne mentre ero in cerca di un'agenzia di collocamento. Non dubito delle mie capacità, e ho pensato di venire direttamente al castello…" Alex abbassò il capo. "Solo adesso mi rendo conto di aver agito maldestramente. Forse, avrei dovuto chiedere alla responsabile del personale, qui al castello…"

"Forse. - sorrise la duchessa - Ma non fa nulla. Avete referenze da mostrarmi?"

Alex deglutì a fatica e tirò fuori dalla tasca dell'abito la sua lettera di referenze, fradicia di poggia. *Dannazione, non era riuscita a salvarla!* Senza fiato e con gli occhi bassi per la vergogna, la porse alla Duchessa di Graystone.

La donna la prese e fece cenno ad Alex di seguirla. Un domestico aprì le porte del salone, e la duchessa indicò alla ragazza un posto accanto al fuoco. "Vi prego, mia cara, cercate di riscaldarvi un po'. Non vorrei che vi venisse un malanno. Avete preso tanta di quella pioggia…"

Alex fece un bell'inchino e si accomodò, grata, accanto al camino acceso. *Dio, che meraviglia…*Il tepore del fuoco la invase come una coccola, ed ella tirò un respiro di sollievo.

Nel frattempo la duchessa si era avvicinata ad una scrivania, aveva tirato fuori un tagliacarte e aveva aperto la lettera fradicia che Alex le aveva dato poco prima. La lesse con attenzione e in religioso silenzio. Alex non fiatò neppure. Si sentiva così a disagio…*Diamine, perché proprio quel giorno doveva piovere a catinelle?*

A un tratto prese il coraggio a due mani e osò mormorare: "Perdonate, non sono riuscita a riparare la lettera dalla pioggia…"

La duchessa alzò la mano per farle cenno di tacere. "È vero che conoscete quattro lingue?"

"Sì, Vostra Grazia,- rispose Alex - Ma, in tutta

sincerità, ne parlo bene solo due. Ho ancora difficoltà nella pronuncia di Latino e Greco…"

"Comunque, sapete leggerle e scriverle?"

"Certamente. In quello non ci sono difficoltà. E
sono in grado di insegnarle."

"Stupendo. - esclamò la duchessa - La viscontessa Giffard dice meraviglie di voi. Posso sapere
come mai non lavorate più per lei?"

"Lady Giffard non aveva più bisogno di me.
Suo figlio è già a Eton, e sua figlia presto andrà a
una scuola per signorine. Quindi non era più necessario pagare un' istitutrice." Alzò il capo con orgo-
glio. "La Viscontessa è sempre stata contenta di me.
E' stato un grande onore lavorare per lei…e sarei
orgogliosa di poter offrire i miei servigi anche al
castello di Graystone."

"E la vostra famiglia? Parlatemi un po' delle
vostre origini." chiese la Duchessa.

Questa era la parte che Alex odiava. Tuttavia
era normale che la Duchessa volesse saperne di più,
sulla sua famiglia e la sua educazione.

"Sono figlia di un Barone, ma mio padre è
morto una settimana fa e non mi ha lasciato nulla.
E mio cugino, che ha ereditato tutto, non ha voluto
concedermi di restare a casa mia, né di offrirmi una
piccola rendita."

La duchessa rimase esterrefatta. "Cioè…vostro cugino vi ha sfrattato di casa, buttandovi in mezzo alla strada senza alcun tipo di aiuto?"

Il suo tono era di ghiaccio e sembrava sinceramente indignata. *Come mai la Duchessa era così partecipe alla sua disgrazia?* si chiese Alex.

"E' così." Quel verme del cugino non aveva alcuna giustificazione. Era un farabutto, e basta..

La duchessa le restituì la lettera. "Riponetela con cura e cercate di farla asciugare. E' una bella lettera di referenze, e potrebbe ancora esservi utile. Nel frattempo, alloggerete al castello. Bivens vi accompagnerà nella vostra stanza, così vi riposerete e rifocillerete. Dirò ai servi di prepararvi un bagno caldo, credo che ne abbiate proprio bisogno. Poi vi manderò la cena in camera. Domattina presto vi aspetto in salotto, così vi presenterò ai miei figli."

Alex sbarrò gli occhi per la sorpresa e la gioia. "Volete dire…che mi assumete?"

"Vi prenderò per un periodo di prova, sì. - sorrise la duchessa - E' chiaro che il futuro dipenderà da voi e dall'accoglienza che vi faranno i ragazzi. Ma sono sicura che andrete d'accordo. E che sarà un piacere avervi qui come istitutrice."

Alex si alzò dalla poltrona e sfoggiò un'elegante

riverenza. "Vi sono molto grata, Vostra Grazia." disse, con umiltà.

"Sono certa che non me ne pentirò." La Duchessa si rivolse a Bivens, che era rimasto lì tutto il tempo in attesa di ordini. "Prendetevi cura della nostra ospite, prego: la signorina Matthews sarà la nuova istitutrice."

"Subito, Vostra Grazia - disse Bivens, inchinandosi – L' accompagnerò nella sua stanza e la presenterò alla signora Smithers."

"Grazie, Bivens." La Duchessa si rivolse ad Alex. "Ci vediamo in salotto domattina, dopo colazione. In seguito discuteremo delle formalità e del vostro stipendio. Ma prima vi presenterò ai miei figli, Alistair e Benedict."

Ciò detto, la Duchessa lasciò il salotto. Solo allora Alex si rese conto di aver trattenuto il respiro. Diamine, forse ce l'aveva fatta! Giurò a se stessa che sarebbe stata la migliore istitutrice a cui una Duchessa avrebbe potuto aspirare. Era un'occasione formidabile, e Alex non aveva alcuna intenzione di bruciarla: quel posto doveva essere di sicuro la risposta alle sue preghiere.

Il primo sole del mattino inondò la finestra della sua camera da letto, annunciando ad Alex che era ora di alzarsi. Era il suo primo giorno di lavoro al castello! Da un lato si sentiva eccitata, ma dall'altro temeva l'incontro coi bambini. Non era la prima volta che si occupava di ragazzini, ma diventare l' istitutrice di due giovani Duchi…era un'altra cosa. Tuttavia era contenta dell'opportunità che le era stata data.

L'avrebbe aiutata a trovare una stabilità economica e ad uscire dallo sconforto. Se non l'avessero assunta al castello, non sapeva cosa avrebbe fatto…

Si alzò dal letto e toccò gli abiti fradici che la sera prima aveva messo ad asciugare accanto al camino. Era stato così bello disfare le valigie e sistemare i suoi effetti in quella stanza meravigliosa! Anche se si trattava di una mobilia modesta, dato il suo ruolo al castello, per Alex era molto più di quanto avesse mai osato sperare. Aveva un bell'armadio di legno massiccio, un comodino capiente e perfino un baule dove sistemare i suoi libri. E nella stanza ardeva un bel fuoco: cosa desiderare di più, al mondo?

Indossò il suo abito di semplice mussola azzurra con sottogonna bianca, da cui occhieggiavano dei merlettini. Quel vestito era appartenuto a sua madre ed era un po' vecchiotto, ma andava abbastanza bene. Chiaramente era fuori moda, ma pazienza…Una volta che avesse ricevuto il suo primo stipendio avrebbe pensato a rinnovare il proprio guardaroba. Non stava più nella pelle, al pensiero: *Dio, da quanto tempo ormai non acquistava un vestito nuovo?*

Si vestì celermente ma con cura, pettinò i capelli e li acconciò sulla nuca in due morbide trecce che fissò a chignon. Poi uscì dalla stanza e s'inoltrò nel corridoio. Sperava di mangiare qualcosa, ma non sapeva a chi rivolgersi per la colazione. Alla fine trovò le cucine e vi si diresse spedita: avrebbe chiesto a qualcuno dei servi come fare per mangiare qualcosa.

"Siete la nuova istitutrice, vero?" chiese una cameriera.

"Sì. E oggi conoscerò i bambini." rispose Alex, semplicemente. Si sentì un po' stupida e fuori luogo, ma pazienza.

"Vi troverete bene. - aggiunse la serva - A volte sono un po' discoli, ma sono due bravi ragazzi. Capite cosa intendo."

Alex sorrise. "Come tutti i bambini del mondo."

"E' vero. - La ragazza le allungò una mano - Io sono Daisy."

"E io sono Alex." *Che bello poter fare amicizia con qualcuno!*

"Devo rassettare il piano di sopra. Ma mi piacerebbe scambiare quattro chiacchiere con voi più tardi, durante l'ora di pausa." disse Daisy.

"Sì, volentieri!" rispose Alex.

Le due ragazze si salutarono affabilmente, poi Daisy si allontanò. Alex divorò con appetito la colazione che Daisy le aveva preparato, e ripose con cura i piatti sporchi sul tavolo. Infine si recò in soggiorno, dove la Duchessa l'attendeva da un pezzo.

Quasi volava, mentre si recava in salotto. Una volta entrata, sfoggiò la sua migliore riverenza. La Duchessa alzò lo sguardo e le sorrise.

"Oh, eccovi qui!" le disse, sorridendo. Le indicò una poltrona di fronte a lei. "Vi prego, sedetevi qui, accanto a me. Mi piacerebbe fare conoscenza con voi, prima di chiamare i bambini."

Alex ingoiò il groppo in gola. Era una specie di esame? E se non fosse piaciuta? La Duchessa l'avrebbe mandata via ancor prima di iniziare?

Si accomodò e appoggiò le mani in grembo. Poi attese in silenzio che la Duchessa cominciasse con il suo interrogatorio.

"C'è qualcosa del mio passato che volete sapere, Vostra Grazia?" azzardò.

La Duchessa sorrise. "Oh, non siate così in ansia. Non è mica un esame. Solo, mi farebbe piacere sapere qualcosina in più su di voi."

"Mi dispiace. Sono così stupida…" mormorò Alex. In definitiva, la Duchessa aveva ragione.

La duchessa sospirò. "Sapete, non molto tempo fa mi sono trovata in una situazione simile alla vostra. Avevo quattro fratelli a cui badare, e i nostri genitori erano morti, lasciandoci completamente al verde. Alla fine ho fatto una scelta azzardata, e la fortuna mi ha assistita…per cui mi sento in dovere di aiutare le ragazze in difficoltà come voi. Lo devo al mio destino."

Alex andò in confusione. La donna che aveva davanti sembrava così nobile ed educata….Come poteva avere vissuto un'esperienza simile alla sua? Anche lei era stata un' istitutrice?

"Sarei felice di avere degli utili consigli da Voi, Vostra Grazia." disse, gentilmente.

"Bene, vi parlerò un po' di me. Vi ho già detto che la mia famiglia era in disgrazia. Non ci restava nulla, se non il titolo e un vecchio castello che ben presto sarebbe stato pignorato dai creditori. Se non fossi corsa ai ripari saremmo finiti tutti in strada, io e i miei quattro fratelli." Scosse la testa. Quei tristi ricordi ancora le frantumavano il cuore.

"Vi lascio immaginare la nostra disperazione. Io ero la sorella maggiore; avrei fatto qualsiasi cosa per preservare la mia famiglia dalla rovina!"

"Capisco il vostro tormento, Vostra Grazia."

"Sì, credo che possiate. Mi sono quindi costretta a sposare il vecchio Duca, un uomo gretto e malvagio che, in cambio, avrebbe offerto una casa a me e ai miei fratelli, salvandoci dalla rovina. Sperava inoltre che gli dessi l'erede maschio tanto atteso, che la sua prima moglie non era stata in grado di generare."

Alex rimase inorridita. *Quella donna aveva fegato!* Probabilmente, lei non sarebbe riuscita a piegarsi a una tale infamia, anche se per salvare la sua famiglia. Giacere con un vecchio? E dargli un figlio, poi!

"Avete detto che siete rimasta vedova. E poi? Cos'è successo?" azzardò a chiedere, col fiato corto.

Prima che la duchessa potesse rispondere, entrò in sala una domestica. C'erano due ragazzini con lei, due gemelli dalla stessa espressione buffa, i medesimi occhi azzurri e i capelli castano ramato tutti arruffati. Di sicuro avevano appena smesso di giocare a fare la lotta.

"Entrate! - disse la duchessa ai ragazzi. Poi

continuò il suo discorso con Alex. - Ho sposato l'erede di mio marito... che è diventato l'amore della mia vita." La guardò fissa negli occhi. "Volevo solo dirvi che, dopo aver sconfitto il male, può venire il bene; e io spero che nel tempo voi troviate la vostra serenità. Bisogna sempre confidare nel futuro e non disperare mai, nemmeno nei momenti più bui."

Fece un cenno ai ragazzi. "Venite a conoscere la vostra nuova istitutrice." I ragazzi si avvicinarono alla donna.

"Vi presento la signorina Matthews, e mi aspetto che le usiate riguardo. Se vengo a sapere che l'avete tormentata coi vostri scherzi o altre terribili cose, la pagherete cara."

"Del tipo?" chiese uno dei due.

"Ad esempio, niente dolce per una settimana, o anche peggio, a seconda della gravità."

Il ragazzino arricciò il naso con disgusto. "E' una pura cattiveria!"

"Allora comportatevi bene con la signorina Matthews. Intesi?" I due ragazzini annuirono. La donna si rivolse ad Alex.

"Questo qui che parla sempre è Alistair, e l'altro, che sta sempre zitto, è Benedict. Ma non lasciatevi ingannare dal suo silenzio. È lento a reagire, ma quando succede potrebbe essere poco piacevole."

”Lo terrò a mente.” Alex sorrise, poi guardò i ragazzi. ”Volete chiedermi qualcosa?”

Benedict inclinò la testa e la fissò, pensieroso. ” Vi piacciono le rane?”

“Le rane sono creature meravigliose. Se volete, posso insegnarvi qualcosa su di loro, vi va?” Non era una sciocca. Stavano cercando di capire i suoi punti deboli. “Ma perché non iniziamo con qualcosa di semplice, il nostro primo giorno insieme? Così capirò meglio da dove partire con le lezioni.”

”Cioè?”

”Facciamo un gioco. - continuò lei - Comincerò con una storia e poi voi dovrete usare la matematica per indovinare il finale.” I due ragazzi la scrutarono, diffidenti.

”Va bene.” dissero all`unisono, e si voltarono verso la loro madre.

”Possiamo andare, così iniziamo subito la nostra prima lezione?”

”Sì.” rispose la duchessa. Poi si rivolse ad Alex. ”Buona fortuna.” ”Grazie.” disse la ragazza, e uscì dal salotto per seguire i ragazzi.

La donna tirò un respiro di sollievo. Sarebbe andato tutto bene. Sicuro. Almeno, si augurò vivamente che fosse così.